私の生まり島オキナワ

ヤマトから想いを込めて

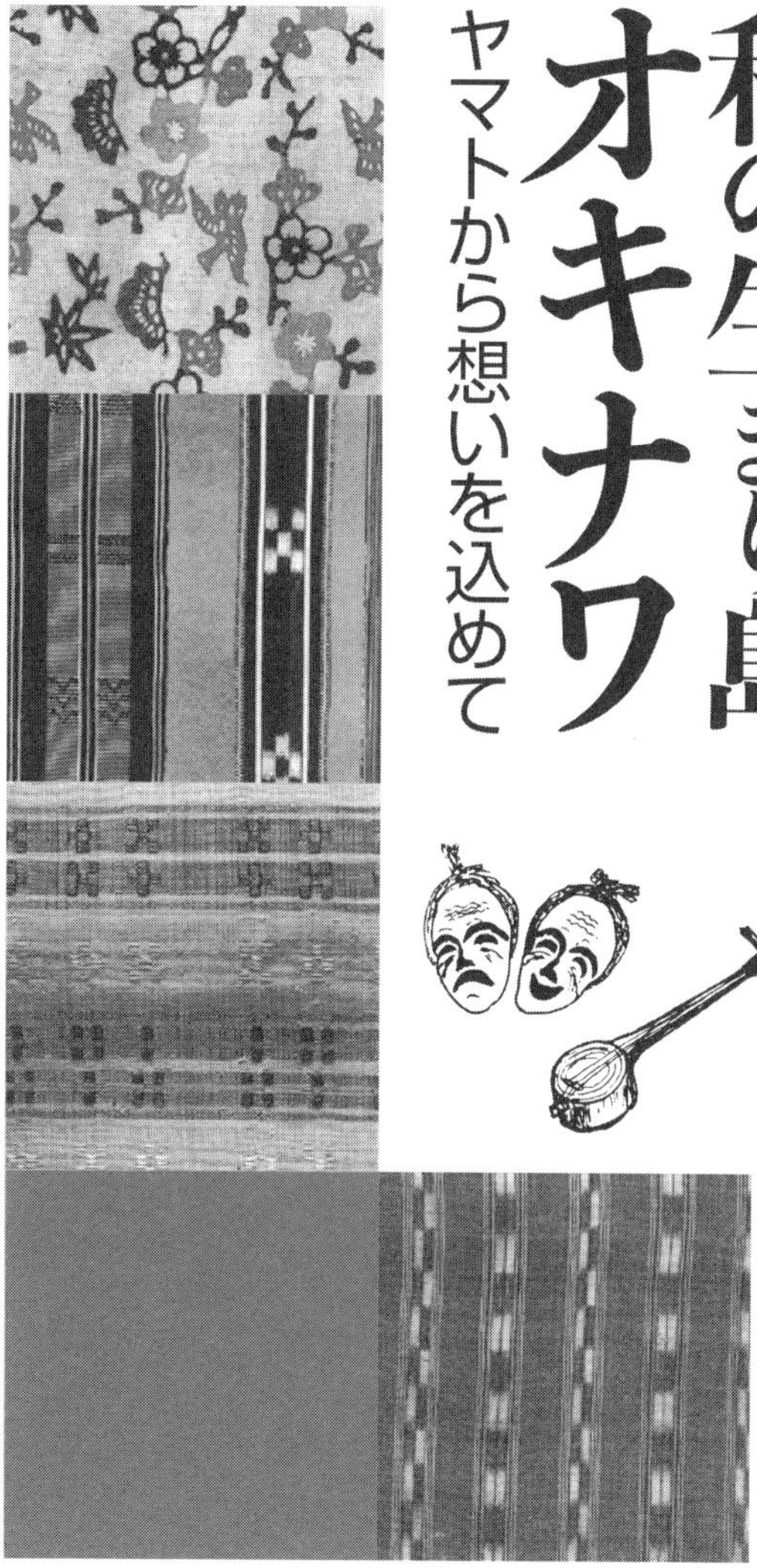

笠原梢 著

kozue kasahara

刊行によせて

東京沖縄県人会名誉顧問　川平　朝清

東京沖縄県人会の機関紙「月刊・おきなわの声」発行として、琉愛子著『ちゅいゆんたく』が世に出てから七年が経ちました。それは二〇〇四年から同紙に連載されたエッセイをまとめたものでしたが、連載は今なおも続いています。本書はそれらをもとに改稿、さらに「琉球新報」紙掲載および書下ろしを加え、単行本としてまとめたものです。このたびは著者名をペンネームの琉愛子ではなく、本名の笠原梢、タイトルを『私の生まり島 オキナワ』として、萌文社からの公刊となりました。

読み通してみると、郷里に対する愛情と愛着は円熟し、筆致は冴えてきたと感じました。笠原 梢さんは「沖縄を出るまでの私は、戦争の暗い影をひきずっている故郷がいやでしょうがなかった」と青年時代の思いを告白しています。米軍占領統治下、沖縄のあの閉塞感と絶望感からの脱出を思う若者は多くおりました。

梢さんは、いったん郷里から出てみると「あの戦争で大きな犠牲を払い、戦後もアメリカの占領下におかれ、人権をも無視されている沖縄の現実をしっかり認識する本土の人の少ないことに気付き、故郷沖縄を愛おしく思うようになった」と述懐しています。そして三〇歳を過ぎてから、一念発起してペンを執り、先ずは沖縄を知らない三人の娘たちに、祖母の戦争体験を伝えるために、帰郷のたびに祖母の話を録音したというのです。

このことを契機に、梢さんは両親、叔父、叔母たちからの聞き書きも始めています。私は旧制高等学校から召集され、大日本帝国陸軍の一兵卒となった経験があるだけに、梢さんのお父さんのことは特に興味深く読みました。お父さんは「職業軍人」とありましたが、年代からして中国戦線が長かったのでしょう、生涯戦争体験を語ることはなかったということは、語りたくない事情が多く、それなりに悩んでおられたことでしょう。

そのお父さんは女性関係も盛んだったようで、そのためお母さんとの諍《いさか》いも多く、梢さんはそのことも率直に書いています。そのためか、お父さんはお母さんに頼ることなく、食事も洗濯も自分一人でこなしていたといっています。お父さんは屋根から落ちて骨折しても、風邪をこじらせて重体になっても、「チケーネーラン（大したことはない）」と人手をわずらわすことはなかったそうです。梢さんはその血をしっかり引いているようです。

事実、晩年お父さんはプライド、威厳、権威を一枚ずつ脱いでいくように穏やかになり、お母さんもストレスが減り、お父さんの心配をする良き妻となったというので、私も嬉しく思いました。そしてお父さんは一〇〇歳で天寿を全うされました。

さあ梢さん、これからは三線に打ち込み、お孫さんたちにウチナーグチを教えるいいおばあさんになって下さい。

（かびら　ちょうせい）

二〇一八年一二月

もくじ

●

私の生まり島 オキナワ――ヤマトから想いを込めて

Ⅰ

Ⅲ

IV

V

イラスト　後藤耀一郎

I

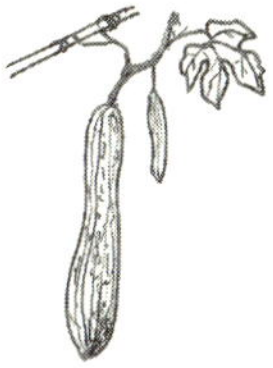

望郷エレジー

多感な頃に暮らしたのは沖縄本島中部の町だった。
アメリカ軍の基地が大きく広がり、基地の隙間に人が住んでいるような場所だった。

樹木がない　花がない　金もない
あるのはアメリカ軍の基地ばかり
こんな　ウチナー[*1]　嫌だ
こんな　ウチナー　嫌だ

汚物にガソリン　基地から流れ

海には行くなと言われ　捕れた魚は食うなと言われ、
海に囲まれた島なのに
泳げない情けなさ
こんな　ウチナー　嫌だ
こんな　ウチナー　嫌だ

遊ぶところは山ばかり
山に行けば　不発弾に　しゃれこうべ
タマシ[*2]　ヌガして　熱出して
遊ぶ場所とてないウチナー
こんな　ウチナー　嫌だ
こんな　ウチナー　嫌だ

ベトナムへ　B52[*3]が　飛んでいき
麻薬と酒が大流行　米兵　あばれて

年中　ピーポー　騒がしい
こんな　ウチナー　嫌だ
こんな　ウチナー　嫌だ

山道急いで学校へ　そこへ　米兵やってきて
なにやら　もぞもぞ　キャー露出狂
びっくり仰天　十五の春
こんな　ウチナー　嫌だ
こんな　ウチナー　嫌だ
ヤマト[*4]へ出て行くさー

ヤマトへ　出たなら　カルチャーショック
「日本語」が上手と感心され
あなたの名前　なんて言うの
グ　グ　グシ　グシ

グシケン
何度も聞かれ　口を閉ざした日もあった
こんな　ヤマト　嫌だ
こんな　ヤマト　嫌だ
ウチナーへ　帰りたい

願いは叶わず、東京で暮らすこと五二年、沖縄で暮らした一八年を遙かに超えた。私の中の沖縄は悲しいかな、いまだに米軍施政権下の沖縄である。

＊1　ウチナー　……　沖縄のこと。
＊2　タマシ　ヌガして　……　魂脱して。とても驚くこと。
＊3　B52　……　米空軍超大型爆撃機。ベトナム戦北爆に使われた。
＊4　ヤマト　……　大和。本土のこと。

トラック通学

今年転勤になり、片道一時間四五分の通勤を余儀なくされた。ラッシュが怖い。極力荷物はシンプルにと思うが、手ぶらとはいかない。

満員電車の棚がときどき空いている。初めて荷物を置いた。忘れはしないかと心配だ。それというのも私は、買い物をしておつりをもらっても品物を忘れたり、買い物に行って自転車をそのまま置いて帰ったり、銀行でお金を下ろしてキャッシュカードを置いてきたり、カメラを構えるのに足もとに置いたハンドバックをそのままにしたりするからだ。二つのことが同時にできない、とも言える。

私が自分の忘れ物癖を自覚したのは、高校生の頃だ。本土復帰にはまだ、間があった。

交通機関がバスだけの沖縄で、当時、五〇日間のバスストライキがあった。バスに代わってトラックが走った。「トラックに乗るのはスト破りだ」という声もあったが、「暑い太陽に照らされながら荷物を持ち、四・五キロの道程《みちのり》を歩くなんて、しかも毎日じゃ……」というわけでトラック通学をした。ジャリや泥を運んだようなトラックや、アメリカ軍のトラックだった。ステップも高く、不安定で長いスカートが捲れてしまうほどだった。トラックの中は捕虜の詰め込みにも似て、初めは惨めさも感じた。

私は通学カバンと手提げカバンの二つを持って、トラックに乗った。教室に着いたときに手提げカバンがないことに気が付き慌てた。バス会社に電話をするわけにもいかず、泣くほどに困り果てた。

それにしても、五〇日に及ぶストライキだなんて、労働者もカッコよかったねえ。

電車の棚に荷物を置くとき、トラック通学を思い出し、私は思い出の糸をたぐり寄せて、周りとは、„別の世界“にいる。

おっと、とっ。荷物は取り忘れないが、一つ駅を乗り越してしまった。

「ん」

「ん」ではじまる単語があるなんてびっくり……と、テレビで言っている。

沖縄に「ンジャナバー(苦菜)」という野菜があると紹介された。もう一つ紹介されたのが、「シースヌバー(フダン草《ソウ》)」という野菜である。これも、沖縄でよく食されるものだ。

五十音のはずれに「ん」がある。「みそっかす」感があり、しりとり遊びで「ん」を出すと、負けになるなど、「ん」はあまり文字のイメージが良いとはいえない。が、沖縄には「ん」ではじまる単語は多い。

「ンカシ、ンカシ、カーマ、ンカシ(むかし、むかし、ずうっと、むかし)」と、ゆったりした口調のおばぁたちのンカシ(昔)話が懐かしく思い出される。

「ンース、チュクティ（味噌を作って）」、「ンナ、マジュン（みんな一緒）」、「ンケーラヤー、ソーガチ（迎えようね、正月を）」

「ん」ではじまるウチナーグチ（沖縄方言）の文章を無理やり作ってみたが……多いよね。五十音も一音入れて五十一音で完成である。そして「ん」がないと言葉も文章も成り立たない。「そら、みろ」とは、四七都道府県の四七番目で南のはずれにある沖縄に生まれた私のひがみであろうか。

「ん」の「みそっかす」感はありながらも、「ンンン、アネー、アラン（いいや、そうではない）」と、声高に言っている自分がいる。

テレビに過剰反応をしてひとりで思考を広げ盛り上がってしまっていた私だが、話を戻すと、「ンジャナバー」は苦い。だが豆腐と和えて食べると苦みの中に旨味《うまみ》がある。「ンースヌバー」は甘みがあり、これまた美味しい。

だが、私は久しく食べていない。

今度帰ったら、高齢の両親のウチナーグチを聞きながら、ンジャナバーやンースヌバーを食べましょうかね。楽しみである。

「カラカラ」

東京国立博物館で琉球展を観た。着物やユタ[*1]の勾玉《まがたま》、ジーシガーミ[*2]などが展示されていた。その中に「カラカラ」と呼ばれる一九世紀頃の酒器があった。急須《きゅうす》のような注ぎ口と一輪挿しのような細い口が上についている。薄暗いライトの中でくすんだそれは、上品に据えられていた。

恥ずかしい話、この酒器の名前も中に「玉」が入っているということも、知ったのはつい最近である。酒をたしなむ知人に教えていただいた。玉は注ぎ口からは出ないようになっているという。

沖縄で暮らしたのは一八歳まで。お酒には興味もなくこの酒器に接したこともなかった。本土へのお土産は、「ジョニーウォーカー(赤・黒)」、「ホワイトホース」など。免税品の酒を運んでいた。あの頃の沖縄は外国で、ウイスキーの時代だった。

楽しみにしていた琉球展は展示品が思いのほか少ない。「沖縄県では第二次世界大戦により灰塵に帰した文化財も少なくなく、民俗資料においても云々」と補足する説明書きがあった。

那覇のショップに玉の入った「カラカラ」を見つけた。振るとカラカラといい音がする。名前の由来通りだ。琉球王朝の人々が、月を眺めながら、優雅にこの器で差しつ差されつして飲んだであろう、と想像を巡らせた。

そして、「酒器の評判がことのほか良くて、『カラカラ』(貸せ貸せ)」というもう一つの由来を思い出し、つい笑ってしまった。「ジン、カラカラー(金、貸せ貸せ)」という言葉と、父親の顔が浮かんできたからだ。

島酒[*3]は飲めないが、沖縄らしい命名に親しみを感じ、ことのほか「カラカラ」が気に入ってしまった私である。今はウイスキーより、島酒のほうがもてはやされる時代である。

＊1　ユタ　……　巫《かんなぎ》。口寄せをする人。
＊2　ジーシガーミ　……　厨子甕《ずしがめ》。墓に収めた遺体を数年後に洗骨してこれに納骨し再び弔う。
＊3　島酒　……　シマー。泡盛のこと。

タンスいっぱいのティーサージ

ショートヘアにしたが、髪の毛が多い私の頭はすぐに伸びてお釜を被ったようになる。毛が多くて太いのは父親似だ。母は髪の毛が細くて少ない。祖母似だ。

髪の毛が多くて持て余している私に、祖母は髪の毛にまつわる自分の苦労話を聞かせた。

祖母が嫁いだのは農家だ。沖縄の農家はサトウキビを作っていた。正月を迎えるのに唯一の現金収入になっていた。祖母は頭に白いティーサージ（手ぬぐい）を年中巻いて、畑仕事をやっていた。サトウキビ畑での仕事はかなりの重労働だったとか。

サトウキビの葉には突起が付いていて、ただでさえ少ない祖母の髪の毛を葉が「食っちゃう」らしい。

倹約家の曾祖母は、ティーサージに穴が開いても新しい物をなかなか使わせてくれない。無いわけではなかった。タンスいっぱいにティーサージがあったそうだ。なぜ、と私は尋ねた。南米への移民、ヤマトへの出稼ぎ、島を離れなければならなくなった人や戦争に行く兵隊からの餞別返しにもらったものだという。

「タンスヌミーヌティーサージン、ダア、戦《いくさ》ニクワーッティ、ヤーン、ムル、ネーンナトウサ（タンスいっぱいの手ぬぐいも、戦に食われて家もろとも全部無くなってしまった）」と祖母は怒ったように話を括った。

沖縄では、人が亡くなると「誰々の分」などと言いながら、棺桶に何枚もティーサージを入れる。あの世への土産だ。祖母が亡くなったとき、戦死した長男や姑の分は忘れずに持って行ったにちがいない。

晩年の祖母は、さらに薄くなった髪の毛に櫛を入れて後ろで結び、綺麗にしていた。祖母そっくりになった九〇歳になる我が母は、地肌の見える頭を帽子で隠している。今はウイッグ（女性用の洋髪かつら）もあって便利だとは言うが……。

ティーサージかぶりの祖母の姿が懐かしい。

『十九の春』

『十九の春』の歌詞をよくかみしめて聞くと、なんとふざけた歌詞かと女の私は怒りたい。

「私が　あなたに惚れたのは　ちょうど十九の春でした
いまさら離縁というならば　元の十九にしておくれ」

と、女が歌う。二番の男の台詞がしゃくに触る。

「元の十九にするならば　庭の枯れ木を見てごらん
枯れ木に花が咲いたなら　十九にするのもやすけれど」

と、くる。これって、女が「沖縄」で、男が「本土、日本」に置き換えたら状況がぴったりだと気がついた。三番はこうだ。

「一銭　二銭の葉書さえ　千里万里と旅をする

同じコザ市に住みながら　会えぬ我が身の切なさよ」

まるで、施政権返還前の「沖縄」と「本土」ではないか。日本に恋いこがれて、私たちは日本人よ、何で行き来するのにパスポートがいるの、と言っているようなもの。四番は、

「見捨て心があるならば　早くお知らせくださいね　年も若くあるうちに……」

と、未練がましい。男の本妻はアメリカか。

「えーい、じれったいこの女、もっとしっかりせんか、自立せよ」

と、喝をとばしたい気分になる。

この女は何歳になったのだろうか。自立をはき違えて、また他の男に取り入れられたらどうしよう、と心配にもなる。歌手の田端義夫が採取して、全国で流行らせた歌なのに、勝手に解釈してごめんなさいね。天国の端《バタ》ヤン。

私は文句を言いながらも、カラオケでは好んで歌う。歌っていると、同僚に、「色気出しても、ムリムリ」「どうあがいても、十九はムリムリ」と、ちゃかされる。

それはそうだ、十九も間近な春に故郷沖縄を離れてから五一年が経っている。この歌、歌いながらも女の行く末が気になる。

「ざるそば」

沖縄そばの「ざるそば」があると聞いてびっくりした。私の中で沖縄そばと言えば、汁の中に入っているものと決まっていた。

一九六六（昭和四一）年、私は高校三年生。本土に受験生を送るのに各教科の先生方は、「本土」というところがどんなところか、自分の経験や見聞きした話を授業の度に語った。

ある先生は、言葉で悩む人が多いこと、そのせいでノイローゼになって、帰島の船から身を投げた人もいたと私たちを戒めた。

また、ある先生は、本土の人は三つしか知らないことも十知っているように言う。「騙されるな、気をつけろ」と。

その中で、「ざるそば」の失敗談も聞いた。

東京の食堂で「ざるそば」を注文した先生がどうやって食べていいのか解らずに、盛られたそばに汁を上からかけたところ、テーブルが水浸しなってしまった。恥ずかしかった、と。

上京した私は「ざるそば」は注文しなかった。無難な「焼きそば」を注文した。店の人に「かた焼きそばか」と問われ、焦った私は「はい」と返事をしてしまった。

ところが、出てきたものは、針金のようにツンツンした麺に嫌いな片栗粉のあんがかかっていた。沖縄では見たこともないメニューだ。手をつけずに店を出た。

私たちが若い頃は本土の人にバカにされないように、「頑張れ、負けるな」と、先生方に送り出されてきたが、「本土」いうものに対して受け身の姿勢だったような気がする。だが、今の沖縄の若者は芸能、スポーツといろいろな分野で大活躍だ。飲食でも沖縄そばを「ざるそば」にするなんて、画期的だ。

沖縄そばの「ざるそば」も試してみたい気はするが、やはり例年通り、我が家の年越しそばは、紅白のかまぼこに青ネギと紅ショウガをトッピングし、コーレーグース*を一垂らしていただいた。

＊コーレーグース　……　高麗薬。島唐辛子を漬け込んだ泡盛。調味料。

雪と受験

外の静けさで目が覚める。雪の気配。雪が降ると思い出す。

私が沖縄の高校生だったとき、東京の大学に行くのが夢だった。その頃、沖縄から東京へ行くには、まず、パスポートを申請しなくてはいけなかった。「大和《ヤマト》の人には気をつけろ」とさんざん聞かされ、やっと乗船。一晩船底で洗面器を抱え、吐きながら鹿児島へ。那覇港から『蛍の光』の曲で別れのテープが切れて、未来への夢が海の向こうへと広がった。一九六七（昭和四二）年の春のことだった。

鹿児島からは汽車に乗り、堅い椅子に座ったまま二八時間かけて東京へ。荷物は、赤茶の布団袋に布団一式を詰め、冬物の衣類と受験の参考書をボストンバックに詰めた。ブラジャーの裏のポケットに「ドル」を縫い付け、腰の腹帯に「円」を縫い付けた。受験なのに気分は旅行。道中、改札を通れないほどの大きな荷物でもたつく色黒の高校生に、見かねて声をかけてくれた本土のおじさんたちの親切をも振り払い、私はやっと東京駅に降り立った。荷物が歩いているような状態で、三畳一間の叔母のアパートに転がり込んだ。

受験の日、東京は雪が降っていた。雪は那覇の市場で求めたビニール靴の靴底を通り抜けて、直に冷たさを足裏に感じさせた。踵《かかと》とつま先で交互に歩いていると、渋谷ハチ公前交差点で尻餅をついて転び、周囲の目を集めてしまった。大学も滑ってしまった。

沖縄と本土の学力の差を知らなすぎる能天気な私は、その後二浪するはめに。

受験というと雪だった。降り積もる雪を眺めているうちに、受験に失敗した悲しさも飽和状態になり、故郷恋しさに、ベニヤ板一枚向こうの隣人に聞こえないように、こたつの中に頭を突っ込んで声を殺して涙を流した。それでも翌朝には、太陽に光る雪が私を励ました。憧れの雪は悲喜こもごもを包み込んだ。

今朝は積もらないことを願いつつ、滑りにくい靴を用意し出勤に備えよう。

「タマシヌガした」こと二つ

祖母から聞いた「タマシヌガした」話を、クリスマスの時期になると思い出す。

沖縄では、「驚いたこと、びっくりした」ことを「タマシヌガした」と言う。

ひとつ目は、祖母たちが沖縄戦で捕虜になった南部の収容所でのことだった。

収容所近くにゴミ捨て場があり、そこに米軍が豚肉の半身や、まだ食べられる食料などが惜しげもなく捨てていた。

立ち入り禁止区域だが、飢えている人々が放っておくはずもなく、捕まって金網の中に入れられていた人も多かった。

ゴミ捨て場に入って恐る恐る物色していた祖母は、背後に真っ黒な大きな動くものを見た。

「タマシヌガした」祖母は崖の下に転げた。それまで出会ったことのない黒人だった。

ふたつ目は、中部地区の収容所でのことである。そこには祖父たちが収容されていた。中部地区に住んでいた祖母たち一〇人の家族は、一族の血を絶やすまいと逃げる途中で祖父側と祖母側に四対六の二手に別れた。四月に一緒に家を出てから八か月が経っていた。


「アイエナー、クマー、ヌーナトガヤー！　電灯ン、クワラ、クワラシ」

（あれまあ、ここはどうなっている！　電灯がギラギラ点いていて……）


南部の収容所からトラックに乗せられて中部の収容所に着いた祖母の第一声である。色とりどりの電気がきらびやかに点滅しているのを見て、祖母は「タマシヌガした」。ランプ生活の祖母には様子がわからずにいた。米国の行事、クリスマスの日だった。

二手に別れた家族はクリスマスの日に一つになった。

「タマシヌガした」の言葉をつぶやくと、その場面を想像し笑ってしまうが、戦争を必死に生きた今は亡き祖母の頑強な姿が浮かび上がってくる。

「タマシヌガした」は現代風には、カルチャーショックとも訳せるかな。

ハロウィン

目と口の穴を開けただけの茶色の紙袋を頭から被って、弟たちが出かけて行った。手には、もう一つ大きな紙袋を提げている。

いまを遡る四〇年前、毎年一〇月三一日になると、近所の「外人住宅*」の界隈《かいわい》はハロウィンで賑わっていた。

ハロウィンの日は、カボチャの提灯を飾り、仮装した子どもたちが街を練り歩き、家々からお菓子をもらうという、アメリカやイギリスの新年と冬を迎える祭りである。

私たち沖縄の子どもたちも、その行事に飛び入りで参加した。もちろんアメリカ人の子は靴下に革靴、立派なプラスチックのカボチャおばけを持って、変装も凝っている。

キャンディーも思うように食べられない時代、私たちはゴムぞうりばきに、汚れたズボンを履いて、せいぜい袋を頭から被るだけの仮装だった。

二人の弟は袋いっぱいのお菓子を持って帰って来ると、勢いよく袋をひっくり返した。赤や黄色、茶や紫など色とりどりのキャンディーやガム、ゼリー、チョコレート、クッキーなどが目の前に広げられ、胸をときめかした。

私も一度だけ友だちと袋を持って出かけたことがあった。ドアをノックするとき、悪いことでもするようで胸がドキドキした。ドアはすぐに開いた。

部外者だとわかりながらも、お祭りだから大目にみてくれたのだろう、どの家でも差し出した袋にお菓子を入れてくれた。”笑顔のサービス“付きもあったが、何軒かの家では、ジロッと睨まれたり、上から下までなめるように見られたり舌打ちされたりした。

家に帰ってお菓子を広げても、うれしさより惨めさのほうが残り、それ以来、ハロウィンの日がきても、袋を持って外人住宅のドアを叩くことはなかった。

＊外人住宅　……　米軍人や要員の住居不足に対し、アメリカ側の勧めで沖縄人がつくった民間の賃貸住宅。

「ソウデナイトキモ」

沖縄に住む友人の娘さんの結婚式が東京であり、出席した。ステンドグラスの会場にオルガンの音が流れ、白いドレスの女性二名の聖歌隊と賛美歌、厳かな結婚式だった。

友人は沖縄の結婚式とは勝手が違ったのか、緊張ととまどいをみせていた。

沖縄では三〇〇名から五〇〇名の結婚式が普通だ。招待されていない人までやってくることもある。従兄弟や友人、会社の同僚が夜な夜な集まり、演し物の練習をし、結婚式に備える。舞踊あり、空手あり、寸劇ありで、二時間の予定が四時間にもなる。披露宴は古典舞踊で始まり、「カチャーシー*」の踊りで終わるのが決まりであるが、始まる前から乾杯をしているテーブルもある。

だが、大きく結婚式をやるのも考えもんだと、嘆く人がいる。知人Aさんの息子は四〇〇名規模の結婚式をやり、すぐに離婚。二度目の結婚式も、やはり出席者が三〇〇名と大勢だった。三度目は親戚のひんしゅくをかった。

離婚の原因は仕事が落ち着かないことだった。沖縄は失業率がワーストワンである。比例して離婚率もまた、高い。お金がなくても結婚式はできる。そこは沖縄に残る親戚絆社会の強みである。

外国人牧師の言葉、「スコヤカナルトキモ、ソウデナイトキモ、ナンジ……」に涙。花嫁が両親の労をねぎらう感謝の手紙を読んだときにまた涙。私は感動の涙を何度も流した。

しかし、結婚式後、新婦の母である友人が、「元旦那と同じテーブルで、何しゃべっていいかわからんさー、そのほうが疲れてしまったさー」と溜め息をもらしたときには、私は感動の世界から現実の世界に連れ戻された。「ああ、永遠の愛を誓うことの何と難しいことよ」である。

でも、あえて、声援を贈りたい。「ソウデナイトキ」が新婚の二人の前途には多々あるだろうが、「ナンジ、コノモノヲアイセヨ！」と。

＊カチャーシー　……　早いテンポで演じられる歌・三線《サンシン》とそれに合わせての自由な踊り。ウチナーグチで「かきまわす」の意味。

メリケン粉

餃子に農薬が混入していたとテレビで報じられた。パッケージに見覚えがあるし、我が家でよく食べていた食品である。びっくりして、冷凍庫の在庫を調べた。改めて怖いと思った。

そんなとき、O氏のお宅でムジクーテンプラーをご馳走になった。ウチナーグチのムジクーテンプラーを直訳すれば、「麦の粉の天ぷら」という意味だ。*

沖縄から取り寄せた粉で作ったムジクーテンプラーの中にはオレンジ色のニンジンが入っていた。口の中に入れると麦の風味が広がり、噛むと噛みごたえがあり、もちもち感があった。素朴な美味しさである。

かつて、O氏の田舎には麦畑がたくさんあって、小さい頃はおばぁが、麦をそのまま石臼で挽いて子どものおやつにしたのだという。ニンジンは葉の方を入れてテンプラーにしたそうである。「食べるものが豊富じゃなかったからごちそうだったよ」と言う。

同世代の私の育った沖縄本島中部では、白いメリケン粉というものでテンプラーを作っていた。私はメリケン粉を小麦粉と呼んだ覚えはなかった。「アメリカの粉」というふうに理解していた。子どもの頃は「島米」という沖縄産の米さえも食べられなかった。「カリフォルニア米」だった。

O氏の麦畑はアメリカ軍基地内にあった。メリケン粉など必要なかったのだろう。それとも、基地反対闘争に日々燃えていた島人は敢えて「メリケン粉」という物を否定したのだろうか。聞いてみたわけではないが、そんな気もする。

戦後生れの私たち団塊の世代は、食料難の時代を経てきたが、今、また食料の大半を外国に頼り、自給率四〇パーセントに満たない日本は食料難ではないかと、この間の「餃子」騒ぎでやっと気付き、溜息が出た。

ムジクーテンプラーの麦の香りを楽しみながら口の中にそれを長く留めた。

＊天ぷら　……　テンプラー。古くは「揚げ物」全般を指すが、今では「天ぷら」を共通語として使用。

『戻り駕籠』

東京の国立劇場で琉球舞踊が上演された。

私は『戻り駕籠』という演目に大いに興味を持ち劇場に足を運んだ。

駕籠に乗せた若い美女をめぐって、前後の駕籠かきが争う舞踊喜劇だ。「妻を捨てても」という勢いでお互いに張り合うのだが、結末には、ほおかむりの布から覗かせた女の顔はおかめ面《つら》だった、という内容だ。

私の周りの席には小学校、中学時代の同級生が一〇名ほど一緒に座った。

沖縄から上京した友人もいれば、福島から駆け付けた友人もいた。半分は関東近辺に住む友人たちだった。

その日は、開演の三時間ほど前から彼女たちと一緒だった。演者の中に同級生がいたので連絡を取り合い、集まったのである。

しかし四〇年以上の歳月の中で私の記憶はすっかり削られていた。顔と名前、思い出が浮んでこない。私は「お初にお目に掛ります」状態だった。

「よく遊んだよ」と言われたが、遊んだ記憶が出てこない。すぐにも、みんなは、「A子」「B子」「C子」と呼び合ったが、私は、その間も必死に何とか記憶の糸をたぐり寄せて思い出そうとする。肩を抱かれ、懐かしさで涙ぐむ状態の中でも感慨に耽る暇なく、ずっと頭は記憶の糸を引いていた。


三線の音色にウチナーグチでの歌や語りを乗せて琉球舞踊や組曲が上演されて、東京の劇場は沖縄の空気でいっぱいになった。

客席の笑いや拍子までが沖縄の風土と人情を感じさせてくれた。

私は、ほんの子どもだった頃にお腹を抱えて笑った『戻り駕籠』を懐かしく堪能した。

戻るに戻れない記憶の友人もいて心を残したままだったが、沖縄の香りで満たされた私は故郷での再会を約束して友人たちと別れた。

A君

沖縄に帰ると、何かにつけて「上等、ジョウトウサー」と褒める人がいるかと思えば、思ったことをストレートに言ってしまう人もいる。私の母などは、私の顔を見て、「ヤマトに行ったあんたがいちばん歳とって見えるよ、アネ、同級生の○○は若いさー」と、私の心をグサリとやる。母ほどではないが、伯母たちもストレートな物言いをする。沖縄人の気質として、そんな人が多いのかもしれない。

中学の同窓会に参加したときのこと、久しぶりに会う者同士で談笑していた。B君が、A君の顔をまじまじと見て、「あれ、君は歳をとるごとにますますアメリカー*になっていくねー」と、言った。私の目が見開いたままになった。

「あいのこ」「アメリカー」の単語は、偏見も差別もあった「あの頃」を知っている私には、タブーの言葉だった。

でも、A君は、長いまつげの目をB君に向けてうなずき笑っただけである。

A君は、中学生の頃から背が高く、金髪の毛が縮れ、目の色もグレーがかっていた。一見してハーフだということがわかった。歳を重ねた今は、確かにその頃より、もっと父親似になっていた。


四五年ぶりの同窓会、参加するのに私は躊躇した。学友たちは、久しぶり会った者同士、「変わらないね」「歳とらないね」などと挨拶を交わしていたが、私の顔と名札を見て、「まるっきり変わった」とか、「面影がない」と、予想どうりの言われ方。やはり……。

二次会でA君の隣に座った。A君は、財布から一枚の写真を出して私に見せてくれた。小さな男の子が写っていた。A君によく似た男の子はにっこり笑っていた。

「孫だよ」と、A君はうれしそうだった。

＊アメリカー　……　ウチナーグチでアメリカ人のこと。

沖縄のサンマ

スーパーに行くと、サンマが発泡スチロールの箱に氷漬けになっている。その横に内臓と頭のとれたサンマがきれいに並んでいた。迷うことなく袋に入れた。「刺身ならさばいてあげる」と言われ、刺身用も買った。ぴかぴかに光る魚が、ガラス越しにさばかれていくのを見た。

一九六七（昭和四二）年、東京に出てきて初めてサンマを求めたとき、恥ずかしい思いをしたことがあった。

店主が、そのまま新聞紙にくるんで渡そうとするので、頭と内臓を取ってくださいとお願いした。店主は不意をくらったような顔して、「サンマはねえ、腹腸《はらわた》が美味いんだよ」と私を諭し、とりあってもらえなかった。本土では腹腸まで食べるんだ、とびっくりした。

秋の魚、サンマ（秋刀魚）。秋のない沖縄に育った私には、季節で食べる食材というイメージがなかった。北の海でしか捕れないサンマは、復帰前までは本土からの輸入品だった。

サンマは、さしみ屋[*1]の店先でよく見ていた馴染みの魚である。頭と内臓はきれいにとっていた。お願いしなくてもそれが普通だった。行事のときには細長く切って天ぷらの具にし、普段は油で揚げて食べていた。

あれから、四〇年以上が過ぎ、動脈硬化予防の成分を含むサンマを食べるように心がけなくてはならない年齢になってしまった。内臓の苦みが美味しいと言われても我が家では、今でも内臓つきで焼いたことはない。脂ののったサンマは刺身にしてたっぷりといただくが……。冷凍方法、流通発達のおかげで、今では、沖縄でも刺身にして食べる人も珍しくなくなった。醤油に酢を差せば美味しいとの父の進言である。

私はちょっとこだわって父の送ってくれたシークァサー[*2]を加える。口の中に沖縄が広がる。

＊1 さしみ屋　……　ウチナーグチで魚屋のこと。

＊2 シークァサー　……　酸味の強い小形の果実をつける柑橘類。和名　ヒラミレモン。

スリにご用心!

沖縄からの帰り羽田から電車に乗った。私の向かい側の席で若い女の子が居眠りを始めた。沖縄の娘だろうか。リクルートスーツを着た彼女は、ハイビスカスの大きな手提げ袋を足下に置き、ハンドバックを抱え込んで前に横にと身体を揺らしていた。

一駅ごとに電車は空いてきた。野球帽の若い男が彼女の隣に座った。もたれかかってくる彼女をじっと眺めていた男は周りに目をやる。私と目があった。男は彼女の鞄をのぞき込んでは私の方をじろっと見る。その繰り返しを続けていた。乗客は携帯電話をいじっている人がほとんどだ。私も男の怖い目から逃れたかった。やがて、腕を組むような格好で片手に携帯電話を持ち、もう片方の手が彼女の鞄にのびた。これはやられると直感した。

私の鼓動が鳴り出した。

突然、一九六七年に、初めて沖縄から上京したときの映像が浮かんできた。

高校の制服姿の私は皇居前で写真を撮っていた。うっかりして、足下に置いた鞄をそのままにして二、三歩、移動した。振り返ったとき、鞄は魔法のように消えていた。

何事が起こったのか、初めは理解できなかった。持ってきた円やドルの現金は全部盗られた。泣きべその私に、友人が「パスポートは」と叫んだ。パスポートは別にしていた。胸をなでおろした。それがなければ沖縄に帰れないからだ。


男の手は鞄に届きそうだ。焦った。

私は思い切って席を立った。

そして、彼女の横に座って、「もう、そろそろ起きた方がいいよ」と肩を叩いた。

男は慌てて席を立ち、閉まる間際のドアに身体を押し込むようにして駅に下りた。

彼女はびっくり眼《まなこ》を私に向けた。あのときの私も同じような目をしていたに違いない。

雑煮

「沖縄ではどんなお雑煮か」と友人に聞かれる。今は知らないが、私が沖縄にいた当時は、お雑煮なんてなかった。上京して二〇歳も過ぎてから、初めて雑煮なるものに出会ったときは、「えっ、何でお汁に餅が入っているの」と、驚いた。

私が子どもの頃、暮に祖母の家に行くと、正月の準備で大わらわだった。

餅が大ご馳走だった時代、餅づくりの手伝いがいちばん好きだった。一晩水に浸けた餅米を石臼の穴に入れて回すのだが、米を一粒でもこぼそうものならすぐに「もったいないよ」と言う祖母の声が飛んできた。

石臼を回すのに力が要ったが、餅が食べられると思ったら頑張れた。液状になった米は白い木綿の袋に入れられ、重しがかけられ、さらに水気を絞った。しっとりした餅の粉は、均一の大きさに丸められていく。くるくる回る祖母の手元に私の目が引きつけられる。

餅は平たいザルに並べられていく。そして、かまどに掛けられたお湯の入った大きな鍋にセットされるのである。蒸し上がるまでの至福の時間を、薪をくべる祖母の脇で過ごした。やがて、赤餅と白餅とあんこ入りの餅が蒸し上がる。


正月が終わってしばらくして遊びに行くと、風通しの良い場所にザルが釣り下がっている。ザルの中には残った餅が入っていた。残った餅は、油で揚げたり焼いたりしておやつに出してくれる。それがまた、美味しい。

私はときどき、お餅を油で焼いて、ポーク[*]と一緒に朝食やおやつにいただく。香ばしい餅の香りは、祖母の温もりを思い出させてくれる。

「お汁に餅」というのに、なかなかなじめなかった私だが、我が家では、元旦の朝だけ、新潟生まれの夫と東京が故郷になった子どもたちのために関東風の雑煮を作る。

＊ポーク　……　缶詰のランチョンミートのこと。

男の遊び

六〇歳を過ぎて、年齢を重ねるごとに比例して増えていくものは、シワと白髪。

しかたのないことだが、差し支えるのは、物忘れと思い込みだ。

最近、地下鉄のホームで、私の顔を覗き込む人がいた。

「あら、やっぱり……」

「あら、どうしたの、こんなところで」

と、「あら、あら……」の挨拶から始まって、二〇分ほど立ち話をした。

歯の治療をしたという彼女に
「中村さん、そんなに若くなってどうするの？」と、私。

「中村さんって誰よ?」と、相手。

「あれ、中村さんじゃなかったっけ?!」

「私、田中よ!」

顔から火が吹き出るというのはこのことだ。「田中」と覚えていたはずなのに、自信満々に「中村」と思い込んでいた。


たまに会う人の名前が浮かばなくて、どなた様でしたっけ、と聞く勇気もなく、しゃべっている間に心の中で五十音を唱える。「青山」「佐々木」ならいいが、「松川」「渡辺」になると、後ろから唱えれば良かったと損した気分になる。

「お母さん、〝マイネーズ〟じゃないよ。マヨネーズだよ。コーンフレークは〝シリアス〟じゃなくてシリアルだよ」なんて娘から訂正されるのは日常茶飯事だ。自分では言っているつもりなのに……。人の名前を覚えるのも苦手だが、横文字、カタカナとなると、なおさらままならない。こうなったら、こじつけて覚えるしかない。

沖縄に配備予定となっている「オスプレイ」。初めてそれを耳にしたとき、私はそれを、「男(オス)の遊び(プレー)」と覚えた。

銀座のナーベラー

夏、八王子の先輩がヘチマを送ろうか、と言ってくれた。私はやんわりと断りを入れた。と、いうのも、昨年、先輩の家に遊びに行くと、「あなたのために取って置いたのよ」と見せてくれた物は、鬼の金棒のような一メートルもあるヘチマだった。

庭の棚に何本もぶら下がっている。触ると堅い。いくら何でもこれは食べられない。垢擦りにでもしたらと言われたが、遠慮した。今年のものは小さいというが、やはり自分の目で確かめないと無駄になると思い、辞退した。

夏も終わりの頃、埼玉に住む中学の同級生が野菜を送ってくれた。その中にナーベラーが二本入っていた。皮をむいて、輪切りにして豆腐といっしょに味噌炒めをしたら、甘さと旨みが口の中でとろけた。夫にも一口残そうとしたが、全部自分だけで食べちゃった。

沖縄では、ヘチマのことをナーベラーと言うが、昔々、若い頃、東京で、「沖縄の人って、ヘチマも食べるんだってね」と珍しがられた。「何だって食べるんだ」みたいなニュアンスでその言葉をとらえたことがあった。我が家では、新潟生まれの夫も東京育ちの娘たちも、沖縄物ならゴーヤーでも月桃[*1]の葉で包んだ香りの強い餅（ムーチー）でも食べつけているが、ナーベラーは食べていない。一度、沖縄で恐る恐る口にした夫は途中で箸を置いた。

若い頃は匂いが嫌で好んで食べなかった私も、この歳になって美味しさがわかるようになった。一人だけの昼食は故郷の香りが口の中に広がり至福の時となった。今では東京のスーパーでもたまに見かけるし、アンテナショップでも売っている。値段も高く高級品だ。

ところで、冬、年越しそばを求めて銀座に行くと、細くて短いミニ胡瓜のようなナーベラーを見つけた。それには、注意書きが添えてある。つい、声を出して笑った。そこで一つ、マイブームの琉歌[*2]を未熟ながら詠んでみた。

銀座ぬ「わした」をうてぃ　ナーベラー売とさ　「あかすりはできません」　札ぬ可笑しゃ

＊1　月桃　……　ゲットウ、サンニン。ショウガ科の多年草。葉は香り高く餅を包むなどに使用。

＊2　琉歌　……　和歌の「五七五七七」に対し、「八八八六」で詠まれる。

赤い下駄

店構えの古い下駄屋の前を通りかかった。外反母趾《がいはんぼし》で下駄でも履こうかと思うのだが、なかなか履けない。履くのに躊躇する。それに似合う服装だって難しい。買うつもりもないのに、店の奥にある赤い鼻緒《はなお》の下駄に魅せられて奥に入った。しばらくながめていた。

東京に住む私は、沖縄に帰ると、叔母たちに会うのが楽しみだ。

叔母たちは、いつも「ユンタク（おしゃべり）会をしよう」と食事に誘ってくれる。そこでの話は子どもの頃や若かった頃の昔話である。戦争の話だったり、暮らしの話だったり、誰彼の話だったりする。

その中でも、ウフウンメー（曾祖母）にまつわる話は愉快である。いくつかあるが、赤い下駄で思い出した美子叔母さんの思い出話がある。

母の実家は沖縄本島、中部の北谷村《ちゃたんそん》にある。一九四〇（昭和一五）年頃のことである。那覇の市場に行くのにはその頃にはまだあった軽便鉄道を利用していた。子どもは滅多に乗らない。戦争前、物が少なく、那覇からのおみやげはタクアンで、子どもは大人が持って帰るおみやげが待ちどうしくて眠れなかった、そんな時代だった。

ウフウンメーが娘を訪ねて那覇に出かけることがあった。そんなとき、子どもを一人お供につける。ある日、八人兄妹の四番目の次郎が行くことになった。だが、次郎は着ていく適当な服がない。そこで、思いがけず五番目の美子が行くことになった。小学校四年生の美子には姉のお下がりのワンピースがあった。何より、美子には正月に買ってもらった新品の赤い下駄があった。

次郎は「美ちゃんのバカ、バカ」と悔しがって泣いた。那覇に行けば、ご馳走が食べられる、活動写真が観られる、という田舎の子どもにとって夢のようなあこがれの都会だった。「バカ」と言われても口元がゆるんでしまう美子だ。そして、なかなか寝付けぬほどに美子の胸は高鳴った。

海と畑しかない美子の村から遠い那覇は、ずいぶんとにぎやかだ。美子は赤い下駄を履いて那覇の町に降り立った。赤い下駄は歩くたびにシャリン、シャリンと鈴が鳴る。幸せな気分に浸っていた。

ところが、美子の気分は一変した。

ウフウンメーは人力車のところに行き、

「この子とふたり、一人分の運賃で乗せてほしい」

と交渉する。まける、まけないでなかなか折り合いがつかない。

ウフウンメーは

「疲れたらぶら下がりなさい」

と言って、自分だけ人力車に乗ってしまった。とうとう、美子は人力車を追いかける羽目になったのだ。

美子は仕方なく黙って人力車を追いかけた。人力車は砂利道を走った。美子は赤い下駄が割れてしまうのではないかと心配になって、何度か車にぶら下がったが、その度に車引きのおじさんに怒られ、とうとう、下駄を脱いで懐に入れて走った。

人力車の歯車をにらみながら走った。めげそうになる頃、ウフウンメーから、

「着いたらご馳走だよ、チバリヨー(頑張れ)」

と、檄が飛んでくる。

容赦なく汗が目に入り、汗のしょっぱさで目が痛くなり、土ほこりで喉はからからになった。脚はもつれた。

目的地に着いたときには、足は腫れ上がり指先は血がにじんでいた。美子は玄関を入ったとたん目の前が暗くなり、ブチクン(気を失う)にかかってしまった。

「アキサミヨー(あれまあ!)、下駄はどうした」

ウフウンメーの叫ぶ声が遠くで聞こえた。

那覇から帰ると美子に次郎が訊ねた。

「活動写真は観たか」「ご馳走は何食べたか」と。

「おばあのバカー」

美子は大きい声で泣いた。

「貧しい時代の話だよ」と、美子叔母さんは話を終える。私はお腹をよじって笑い、涙を

流した。

曾祖母は戦後しばらくして亡くなった。私は曾祖母の顔を知らない。写真さえもないが、自分の中に曾祖母を見ることがある。

自分ではケチだと自覚してないが、娘は私のことをケチだという。お金に苦労した家庭に育ったので、シビアになることは確かだが……。私のケチは曾祖母ゆずりかもしれない。結局、私は赤い下駄を買わずに店を出た。

II

琉歌

日常語としては使わなくなり、消えていく運命にあるウチナーグチ。なんともったいない、と常々思っていた。帰省するたびに方言だけを使って過ごそう、と決意するのだが、なかなかそうはいかない。父と母が話すときはウチナーグチだが、私が絡むとすぐヤマトグチ（大和口）になってしまう。それでもなんとか使ってみるのだが、耳の遠い母は聞き返すことが多く、私はいつの間にかヤマトグチをしゃべっている。

以前、流ちょうなウチナーグチを耳にしたことがあった。

那覇の喫茶店に入り一服していると、隣の席から珍しくウチナーグチが聞こえてきた。懐かしくて、心地よくて、しばし聞き耳をたててしまった。南米移民の方々だった。もう一度は、テレビで沖縄芝居の再放送を見たときだ。演題は、大宜味《おおぎみ》小太郎《こたろう》主演の『丘の一本松』だった。

北谷《ちゃたん》言葉は、私が高校生になるまで年寄りも子どもも普通に使っていた。

もはやウチナーグチはその範囲かと思いきや、先だって大城立裕氏の『命凌《ぬちしぬ》じ坂《びら》』(沖縄タイムス社刊)の琉歌集が出版された。さっそく手にし、泣き笑いしながら、ときには怒りながら読んだ。共感した歌の一つに、「だんじゅ沖縄や　如何ならわんびけい　天気予報ぬ沖縄あまなしくまなし」がある。訳すと「なるほど沖縄は　どうなってもよいと言わんばかりに天気予報は沖縄を　あっち(日本海に)片付けたり、こっち(四国の海に)片付けたりしている」となる。

全国の天気がテレビで映し出されるとき、東京に居ても沖縄が私は気になる。いつもは九州の上の方に囲みで映っているはずが、四国の下にあったりする。不満だった。

この歌は、今の「沖縄」をも連想させる。

大胆にも、私も詠んでみた。「使いぶしゃあてぃん　話し難しゃや　あたら美ら言葉　しみてぃ詠みぶしゃや　サンパチロク(使いたくとも話すことが難しい。この美しい言葉で、せめて琉歌でも詠んでみたい)」と。あれ、「ヨンパチロク」(八八八六)になってしまっている。これじゃあ俳句の「五七五」でも、短歌の「五七五七七」でも、琉歌の「八八八六《サンパチロク》」でもない。

東京の喫茶店で頭をひねってしまった。

沖縄版「ウルトラマン」

夕方の我が家は保育園帰りの孫たちで賑う。最近、彼、彼女たちが夢中になって観ているのがＤＶＤ『琉神マブヤー』である。ヒーローもの『ウルトラマン』の沖縄版だ。

ハゴー（汚い）山からマジムン（魔物）がやってきて悪さをする。普段はゴムぞうりのニライとカナイ（福をもたらす神）という兄弟が琉神マブヤーと琉神ガナシーに変身し、悪のハブデービル[*1]とハブクラーゲンをやっつける。沖縄の文化や平和を受け継いでいくことができる「マブイ（魂）ストーン」の存在を守る正義と、封印しようとする悪のバトルが繰り広げられる。

ほとんど標準語だが、登場人物のオジイ、オバアの島言葉に郷愁を感じる。

沖縄の方言を使うことさえ、はばかられた時代を知る世代としては、沖縄のヒーローものを東京で観ていることに不思議さを覚えた。私の子ども時代は、沖縄の民話を子どもに聞かせる余裕もなく親たちは働いた。沖縄独自のヒーローものがあることに豊かさを感じる。

ウチナーが危ない　デージ（大変）超ヤバイ
悪のマジムン　やってくる　「デージナトーン」[*2]
ティーダ（太陽）の力で　平和を守るんだ
アチコーコ（熱い）の　ハートで勝利を掴め
琉神　琉神マブヤー　正義のヒーローマブヤー
海を飛び越え　マジムン　やっつけろ
来たぞ「マブヤー」　正義の「マブヤー」

テーマソングにあわせて二歳の孫が歌う。「デージナトーン、デージナトーン」と孫たちは叫ぶ。「新基地」「オスプレイ」など、今の沖縄の現状に、歌詞がすっぽりはまって聞こえる。勧善懲悪の「琉人マブヤー」、痛快だ。

＊1　デービル　……　ウチナーグチで「〜でございます」の意味。
＊2　テージナトーン　……　一大事。大変なことになったの意味。

「シーブン」のやりとり

東京は雪だった。

飛行機を下りると実家に直行せずに、久しぶりに那覇の街を歩いた。

「国際通り」の土産《みやげ》店では若い青年が呼び込みをして、通りは観光客で賑わっていた。

ブランド品の店も並び、昔とは沿道の様子がだいぶ違ってきている。

昔とは、私が暮らした一九六七（昭和四二）年頃までの那覇中心街である。

「平和通り」は大きく変わっていない。舶来品から島産品までいろいろな懐かしい品々が陳列されている。公設市場に入ると、「サービスしますよ」の声が飛び交っていた。

突然、「サービス」をウチナーグチでは何と言っていたのだろうと、こだわってしまった。

なかなか思い出せない。道々、五十音をなぞりながらやっと思い出す。

「さ…、し…、そうだ、シーブン」だ。

手の甲に「ハジチ」という入れ墨（昔の風習）のあるおばぁたちが那覇の市場にいた頃である。カンプーという髪の毛を頭のてっぺんに結わえた着物姿の元気の良いおばぁたちは、でんと座って、客と「シーブン」のやりとりをしていた。おばぁたちは客が来れば売り、来なければ昼寝をするなど、客寄せセールスとは縁遠いものだった。

子どもの私は、恥ずかしくてなかなか「シーブンして」と言い出せない。でも、きまって店の人は「これはシーブンだよ」と言って、アメ玉の一個、豆の一掴み、肉の一片を足してくれた。

戦中、戦後の苦労と貧しさを共感していた売り手と買い手、「シーブン」は「サービス」とはおよそ違う。「シーブン」には情けがあった。「シーブン」という言葉を思い出すことができてほっと一安心。

三月の沖縄も一六度と例年になく寒いが、歩いているうちに温かくなった。

私は東京から着てきたダウンジャケットを脱いだ。

「ハラスメント」と「差別」

新聞記事に「スメハラ予防」の記事を見つけた。

「パワハラ」「セクハラ」は知っていたが「スメハラ」というのは知らなかった。匂い（スメル）で他人を不快にさせることを言うらしい。

「ごみ臭、体臭、汗・ミドル脂・加齢、嗅ぎ分け装置開発中」とある。スマホと無線で接続し耳の後ろの臭いを測定する。ゴミ収集車から出る臭気をフルーティーな好ましい匂いに変える消臭剤も売り出す予定だとか。

歳をとればとるほどに匂いに敏感になっている私も、あれこれと消臭剤をよく買う。

沖縄で過ごした子どもの頃は、豚舎や鶏小屋の近くで遊びまわっても臭いなど気にもならなかったのに……。今は子どもの間でも「臭《くさ》い」という言葉を浴びせていじめがあると聞く。

旅先でサウナに入ったときのこと。五、六人の人が入っていた。一人の人が出ていくと、その隣の人が言った。「あの人、ニンニク臭い」と。すると、別の人が「日本人じゃないみたいよ」と言った。

まだ沖縄が本土復帰前のこと、本土に私たち高校生を送り出す先生の話が思い出される。本土に行けば差別されるから気をつけなさい。「臭い」と言われて自殺した人もいたからと。また、「沖縄の人は豚肉をよく食べるから豚臭い」と実際に言われた人の過去の体験を、私も聞いたことがある。

「スメハラ」の「ハラ」は「ハラスメント」の略。優位をかさにかけた嫌がらせ、いじめ、苦しめること、悩ませること、という意味がある。私はこの言葉に沖縄を重ねる。

尊厳も人権もなかった米軍施政権下で沖縄県民は二七年間暮らし、四六年経った今も在日米軍基地の大半を押し付けられている。さらに、民意を無視し、辺野古に新たに米軍基地を強引に建設する行為は「何ハラ」というのだろうか。いや、「ハラスメント」ではなく、国による「差別」というべきか。

『別れの煙』

「三線《サンシン》の会」でのこと。私と同じ団塊世代のOさんが「俺たちは〈別れの煙〉に見送られて本土に来たんだよな」と同意を求めてきた。私は「そんな年齢ではないよ」と応戦。

子どもの頃、よく沖縄芝居を観た。幕開けは古典舞踊で退屈したが、芝居は子ども向けに創られているわけでもないのに、ワクワクドキドキしながら楽しめた。時代劇が多い中で現代劇もあった。その一つが『別れの煙』だった。粗筋は忘れたが、「別れ」と「煙」の場面だけは印象に残っている。

舞台には傾いた藁葺きの家が一軒。その家の前に継《つ》ぎ接《は》ぎの着物を着た老母と農夫の息子が立っている。「もう会えぬかも知れぬ」と母が泣く。息子は「ヤマトで金を稼いで、きっと親孝行するから」と慰める。

次は一本松と海の場面だ。老婆は薪を燃やす。やがて水平線左手から小さく船が出てきて右へと移動する。歩くたびに体を大きく揺らす足の悪い老婆が、船に向かって手ぬぐいを振る。その姿に、私は大いに涙し、しゃくり上げた。

Oさんが言うには、見送りに来られない親たちが集団就職に出る若者をそんな風に見送ったという。島の南にある那覇港から出る船は本土目指して北へと向かい、自分の村の海を通って行くという。芝居だけの話だと思っていた私は、先の戦争後もまだ貧しかったことを知る。

沖縄は、日本本土（ヤマト）はもとよりブラジル、ペルー、ボリビア、アルゼンチン、ハワイなどへ出る移民も多かった。長男であった祖父以外、弟たちは南米、ヤマトへと散った。貧しい時代、〈別れの煙〉がたくさん焚かれたことだろうと想像する。かく言う私も、船上の人となり、『蛍の光』に送られて涙のテープを切って、早四〇年ほどになる。

沖縄の音楽には旅立ちの歌が多い。

三線の会関東支部では、ヤマトへの旅立ちの歌を三線の音に乗せて緊張しながら歌った。

苗字

「ずけらんです」

「えっ、ズラ……ケンさんですか」

「違う。ズ、ケ、ラ、ンです」

弟がメキシコ料理のタコス屋を沖縄でやっている。娘は店の手伝いに東京から行った。娘が帰って来て言うには、電話で注文を受けるのだが、「聞いたことのない名前ばかりだったから、聞き取れなくて困ったよ」だった。

「アハゴン」さんが一番聞き取れなかった名前で、「えっ、アラ・ゴンさんですか……？」と娘は五回も聞き直した。「阿波根」さんは、気分を悪くした様子だったという。

私にも同じような経験があった。沖縄が本土復帰する以前の話である。

私は高校を卒業して東京に出てきた。

旧姓「具志堅《ぐしけん》」は、当時の本土では聞き慣れない苗字だったようだ。「グ？、えっ、ケン？何ですか？」と、？マークの連続だった。自分の名前を言うのに躊躇するようになった。とくに電話は苦手だった。終《しま》いには「グシ」でいいです、と見えない相手に、開き直ったりした。


当時、沖縄の存在さえも、知らされていない子どもたちが本土にはいると聞いていた。

沖縄と本土のギャップに対する「とまどい」と「怒り」が私の中にあった。

珍しい名前はいくらでもあると知りつつも、「具志堅」を名乗るたびごとに「現実」を突きつけられたような気がした。

苗字で出身地がわかり、差別される時代も、遠くない過去にはあった。

沖縄でもそれで改名した人もいると聞いたことがある。

沖縄ブームの今、娘には信じられない話である。

娘の体験談に、つい笑ってしまったが、「瑞慶覧《ずけらん》」さん、「阿波根《あはごん》」さん、ごめんなさいね。

ウチナーグチ

沖縄の母に電話を入れると、元気な声が返ってきた。これから「シーミーに行く」と張り切っていた。「シーミー」とは、「清明祭《シーミーサイ》」のことで、お墓のお祝いである。ご先祖様を招き、墓前で一緒に宴《うたげ》を催すのである。沖縄の墓は大きい。

東京の知人宅の「シーミー」に呼ばれた。沖縄にある墓と東京の仏壇の前とで、墓守りの親族と連絡を取り合い、同時刻に清明祭を行った。清明祭は、まず、「祈り」から始まる。

ところで、「ウグァンス(御元祖)」への「祈り」はウチナーグチと決まっていた。祖先にはそれしか通じないからだ。

知人宅のシーミーの祈りもウチナーグチだった。

普段、仏壇の夫に話しかけるときは標準語で話しかけるそうだ。
「こっちの生活が長くなったからね……」とつぶやく。

明治生れの祖父は、ウチナーグチしかしゃべれなかった。バンザイと言えず、「バンジャーイ」となる。戦争中は、本土出身の兵にはわからない言葉を使うからと、スパイ扱いにされたとも聞く。しゃべることも命がけである。

父方の祖母は、私の名前「梢」が言えなくて、いつも私を、「クズエ〜」と呼んでいた。「こずえ」と何度も直したが、変わらなかった。東京の人が「ひ」と「し」が言えないというのとは、意味がちょっと違うような気がする。

ご先祖様へ話しかけるのは、家族の状況を把握している女の年長者だ。祖母が亡くなってからは、母が祖母と同じ立場に立たされ、初めは戸惑っていた。ご先祖様に失礼がないように、母は清明祭を執り行うことができたのであろうか。

沖縄でウチナーグチが話せない人が多くなっている昨今、いずれは祈りの言葉も〝標準語〟になるのだろうか。似合わないような気がするが……。

共通語

帰省したとき、沖縄ならではのカレンダーを求めた。本屋には、「ことわざ」「郷土料理」「薬草」などのカレンダーの中に、「写真」カレンダーがあった。

写真は、昭和初期の頃から沖縄の本土復帰後まで、順不同の一二枚だった。

一枚の写真に私の目がとまった。

子どもが二人、路地で遊んでいる。後ろ向きに映っているが、女の子は缶蹴りでもしているのか、地面を見ている。手前の四角い白い建物の壁に張り紙がされていた。

「いつ　どこでも　共通語　〇〇小学校」と。

写真の下に小さく撮影年が記されていた。「一九七三年」と。

撮影年月日に驚いた。本土復帰の一年後である。

私が小学校の頃といえば、一九五〇年代。その頃は確かに、方言は使ってはいけないと先生から言われた。学校では共通語励行週間、月間目標などもあり、「方言札《ふだ》*」なるものをぶら下げた学友たちもいた。そして、方言を使った友だちを、先生に言いつけたり、反省会では「懺悔」などもあったように記憶している。

家に帰れば方言を使っている家庭がほとんどで、我が家もそうだった。でも、中学生、高校生になると、方言云々というのは聞かなくなった。

「共通語励行」なるものは昔のことで、復帰後は沖縄独自の文化が見直されたと信じていた。しかし、現実は、方言を話せる子どもが減り、孫と年寄りとのコミュニケーションが取れないことが問題になり、テレビで「ウチナーグチ」教室の番組があるほどだ。方言で暮らしてきた私には、目の玉が飛び出るほどの驚きだった。

本土の生活が長い私は、短い期間の中で方言文化が失われていくのを不思議に思っていたのだが、この一枚の写真で疑問が解けた。

＊方言札　……　学校で沖縄方言を使った生徒に罰として首から下げさせられた木札。また、方言を使ったほかの生徒を「告発」するまで下げさせられた学校もあった。

誇り

沖縄に生まれて良かった。沖縄を誇りに思う県民が多くなったという。

にわかには信じられず、若い沖縄出身の女性に聞いてみた。彼女は二〇代半ば。

「本土に出てくるまでは感じたことがなかったけれど、今は誇りに思っています」と応えた。

理由は「本土の人が、沖縄は〝良いなー〟と羨ましがる」からだそうだ。

私は一九六七（昭和四二）年に東京に出てきたが、沖縄出身を、「良いねー」なんて言う人はいなかった。存在すらあやふやだった。存在を知ると、「大変ねー」という言葉が返ってきた。

その頃は、むしろ、大正生まれの両親や本土の大学を卒業した先生方から沖縄出身ということで差別をされたことなどをたっぷり聞かされた。

「言葉の問題で悩み帰ってくる船から海に身を投げた」

「戦前の大阪の万博でアイヌ人と沖縄人を檻に入れて展示された」（人類館事件*）

「有名歌手が土人はどこにいるのと尋ねた」

「沖縄人は豚肉ばかり食べるから匂う」

と、挙げればきりがない。

私は沖縄を誇りに思ったことはなかった。

しかし、最近、沖縄って「すごい」と思うことがある。それは、反骨精神と政治意識の高さだ。「基地反対」で一つになれるし、九〇歳になる母も、八〇歳代の叔母たちも、「政府にごまかされるな」と発憤する。誇りが実体を伴ったものになるかどうかは、今の沖縄の現状に泣き寝入りをせずに声を出し続けていくことではないだろうか。

最近、本土の友人たちは、沖縄って「大変ね」の後に「すごいね」と付け加える。

私は、東京で三線《サンシン》を弾いて沖縄民謡を歌って披露することがある。

今、沖縄独自の文化を誇りに思っていたことを自覚する。

＊人類館事件　……　第五回内国勧業博覧会（一九〇三年）開催中、周辺の小屋で「朝鮮人」「琉球の婦人」などが見世物にされた事件。

熟成

大学時代の友人たちで年に一回、フランス料理とワインで会食をする。帰りの電車の中でB男が、「沖縄の泡盛は美味しい。特に、古酒*がいいよ」と言う。

学生時代の彼は、「沖縄の泡盛は匂いがきついし、強いし、飲めたものじゃない」と言っていたのに……。私が非難がましく昔のことを持ち出すと、あの頃のと、今のとは違うのだと、強調する。

沖縄復帰にはまだ間があり、「沖縄を返せ」と、連日連夜、国会デモの後は居酒屋でわいわいと酒を飲んだ仲間だ。私が東京に来た頃は、泡盛を美味しいと言う友人はいなかった。むしろ、土産で運ぶ免税のウイスキーが喜ばれていた。

六〇〇年前から飲まれていたという泡盛は、「武器を持たない国」と言われた琉球王朝時代から外国の来訪者にふるまわれた。

酒好きなだけあってB男は酒に詳しい。先の戦争で泡盛酒造所も焼き尽くされた。年月を重ねて熟成させて、芳醇な香りを放つ美味しい古酒に育つのが泡盛、と彼は言う。

「七〇年経つから美味いのだ」と付け足した。

そうか。七〇年経つからか。戦後七〇年を前に、私は感慨深く彼の言葉にうなずく。

泡盛にはアンチエイジング効果があり、低カロリーで、ワインや日本酒より血液をサラサラにする効果が期待できるらしい。泡盛に対し、にわかに私の関心が向く。

ビール一杯で満足する私は、泡盛を飲んだことがない。

よし、今夜は甘み、とろみの熟成さを味わってみよう。それでは、一献。

クーッ、カーッ。

泡盛が口の中で火を噴いた。強い。痺《しび》れる。芳醇な香りが鼻を抜けた。バクハツだー。

私の形相に側の娘がびっくりし、窘《たしな》めた。

「熟成」とは、「慣れ」とも言う。ああ、私の舌が泡盛に馴染むのに何年かかることやら。

＊古酒　……　クース。長時間、かめなどに蓄え寝かせた泡盛。

八洲《やしま》の外

テレビで〝『蛍の光』の歌詞の変遷〟というのをやっていた。

「蛍の光り窓の雪……」

近くのスーパーで閉店時間に『蛍の光』の曲が流れる。紅白歌合戦の最後にも流れている。

私も六六年の人生の中で何度もこの歌を歌ってきた。学校の卒業式はもちろんのこと、故郷沖縄を発つ際、船が岸を離れ、別れのテープが切れるとき流れていた。

『蛍の光』はもともとスコットランド民謡だと安心しきって歌っていたのに、ショックである。日本帝国主義時代の歌だったという。

四番の歌詞に〝沖縄〟が出てくる。

「千島の奥も　沖縄も　八洲の内の　護りなり
　至らん国に　勲《いさお》しく　努めよ我が背　恙《つつが》なく……」

四番の歌詞は、領土拡張により文部省（現文部科学省）の手によって何度か改変された。元々（明治初期）の案は「八洲の外の」で、その部分が、琉球処分による領土確定を受けて、「八洲の内の」に変更になる。

「八洲」とは、多くの島の意味で、日本の国のことである。琉球処分の後で、沖縄は、日本になったことがわかる。日清戦争による台湾割譲後は「千島の奥も台湾も」に変わる。その部分（歌詞）は日露戦争後に「台湾の果ても樺太も」に変わっている。

二番までは歌えるが、「一つに尽くせ国の為」の歌詞のある三番や四番は歌ったことがない。あることさえも知らなかった。


戦後生まれの私は沖縄が「八洲の外」であったことも、「八洲の内」になったことも、意識せずに暮らしてきた。時代の流れの中で祖国復帰運動にも携わってきた。

「八洲の外」だった沖縄は「八洲の内」となったが、今の沖縄の実態はどうなのだろうか。さんざん歌ってきて、今さらという気もするが、歌詞の変遷から歴史がリアルに感じられる。

沖縄県民ファースト

ニュースを理解するのが大変だ。

最近、ニュースの中でやたらにカタカナ文字の表現があり、困る。ガバナンス（統率能力）、コンプライアンス（法令順守）、リベンジ（復讐）、フロンティア（最前線）、レボリューション（革命）、イノベーション（改革）……。主婦の日常生活においてはほぼ使わない言葉だ。

多くは、私の知識不足によるものだが、それだけではないものもある。

これもごく最近、理解不能な奇妙なことが起こっている。

小学一年生の「道徳」の教科書検定では、「郷土愛不足」が指摘され、「パン屋」を「和菓子屋」に書き換えられたという。また、町を探索する話でも、同じ理由の検定意見によって、子どもたちが「公園のアスレチック遊具」で遊ぶ写真が「和楽器店」の写真に差し替えられた。

文部科学省は「我が国や郷土愛」の要素が不足しているという「検定意見」は付けたが、書き換えを指示したのではなく、あくまで教科書発行会社の判断だという。

教科書問題といえば、「教科書検定意見」の撤回を求めて集った、一一万六千人による県民大会（二〇〇七年）を思い出す。第一次安倍政権の頃だ。歴史教科書検定で沖縄戦における「集団自決」「強制集団死」に関する「日本軍強制」の記載が削除修正されるに至った文科省の検定意見に抗議したものだった。

実際に艦砲射撃*に追われて激戦地沖縄南部を逃げ回った祖母や叔母たちの話を聞きながら沖縄で一八歳まで育った私としても、「削除修正」には納得がいかなかった。

カタカナ文字も「都民ファースト」や「アメリカファースト」くらいなら英語の苦手な私でも大丈夫だ。

次から次へと課題を抱える我が故郷沖縄、「沖縄県民ファースト」といかないものだろうか。

＊艦砲射撃　……　カンポー。沖縄上陸を目指す連合軍が日本軍掃討の目的で、海面を埋めつくすほどの艦から陸地へ向けた砲撃。「鉄の暴風」と言われ、民間人の多くが亡くなった。

命《ヌチ》ど宝

沖縄戦をくぐった祖母が戦争の話を締めくくるときにいう言葉は「ヌチド　タカラ」だった。今は交通安全のキャッチコピーや自殺防止に使われたり、あちこちで見たり聞いたりすると、なんだか、軽くなったような気がして、文章を書くときにはあまり使いたくない言葉である。

母が意外なことを言った。

「〝ヌチド　タカラ〟は琉球王が沖縄を離れて上京するときに、別れを惜しんで、〝行かないでよー〟と、港に集まって泣いている島中の人たちに、〝戦で誰一人死ぬ人はいなかった。自分も死ぬわけではない。嘆くなよ、シンカヌチャー。やがて、みるく世《ユ》[*1]が来る。生きていればこそだよ。ヌチド　タカラ〝」と。

曾祖母は孫の母によくその話をしたという。


この言葉が、先の戦争をくぐり抜けてきた人たちの中から生まれたとばかりに思っていた私は、言葉の出所を調べてみた。最後の琉球王 尚泰が[*2]琉球処分で首里城を明け渡すときに民の前で琉歌を詠んだものだという。


「戦さ世んしまち　みるく世ややがて　嘆くなよ臣下　命ど宝」

(戦の世は終わった。やがて平和で豊かな時代がやって来るだろう。

嘆くな臣下。命あればこそ)

だが、これは歴史的事実ではなく、『首里城明け渡し』という沖縄芝居の中で歌われたものであることがわかった。

フィクションとはいえ、明治生まれのおばあさんが大正生まれの孫に語り伝えた「命ど宝」は、沖縄の歴史を考えると深くて重みのある言葉に思えてきた。

「やがて、みるく世が来るよ」と、孫に伝えたにもかかわらず、四人に一人が犠牲になった沖縄戦を体験した曾祖母の心情はいかばかりだったのかと想像する。

明治時代から平成の今日まで「命ど宝」は生き延びて、この言葉はますます大きく広がってきている。軽くなるどころではないことを私は悟った。


「大和世やなてぃん　みるく世やあがた　肝《チム》に染みらなや　命ど宝」

(大和の世になっても　平和な世はずっと向こう　心に染めましょう　命こそ宝と)

と、詠んでみたが……。

「命ど宝」は、昭和に生まれた私たちに託された忘れてはならない大切な言葉だろう。

＊1　みるく世　……　弥勒世。みるくは海のかなたの楽土からやってくる豊穣神で、それによってもたらされる豊かな世の中。
＊2　琉球処分　……　一八七二(明治五)年、政府が琉球国を廃し、まず藩を置いた制度改革。琉球国が従わなかったため武力的に首里城明け渡しを命じた。これにより沖縄県となる。

III

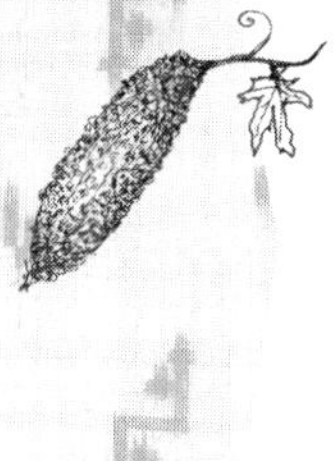

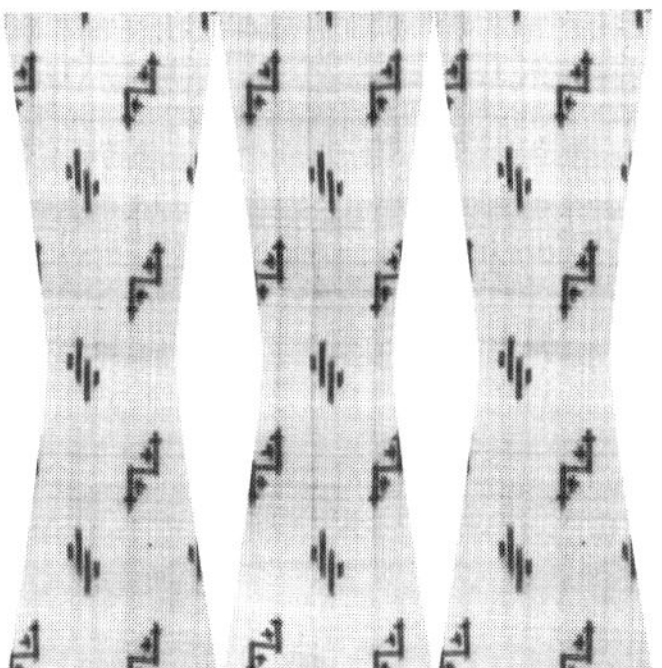

チュウインガム

チュウインガムを歯の上で転がしながら小さな空洞をつくり、歯と歯でつぶすと、カチッと音が出る。同じ動作を繰り返し、カチ、カチと音を出す。未だにそんなことをして口の中で遊ぶ。

沖縄本島中頭郡《なかがみ》はアメリカ軍の基地が集中しているところである。そこで私は育った。アメリカ兵がガムをカチカチ噛みながら闊歩していた。

子どもの私たちもどうしたらあの音が出るのか練習に励んだ。

ガムを一度手に入れたら、それを何回でも、何日でも、失くしてしまうまで練習した。食事のときや寝るときには、口から出し水で濯《ゆす》ぎ、ツルンとした面の下敷きや机の下にくっつけて置くのである。誤って日の当たるところに置くと大変だ。溶けてしまい剥がれなくなる。

ガムは、白と、グリーンと黄色の三種類だった。カセットデッキの早送りのような矢印の商標があり、英字があった。味や香りの記憶はどれも同じである。きっと、何回でも何日でも、という食べ方をしていたせいかもしれない。

ガムは誰からもらっていたのだろうか。子どもの群れに混じって米兵に「ギブミーガム」と、言ったことも、もらったこともあるような気がする。ぼやけた記憶だ。

私が小学校に入った頃だから、一九五五（昭和三〇）年だった。

私たち家族は掘っ立て小屋に毛がはえたような家に間借りしていた。同じ敷地内の離れに、私が「お姉さん」と呼んで親しくしていた二〇代ぐらいの女性が住んでいた。

顔は思い出せないが、お姉さんはよく両手でスカートを捲くし挙げて、スカートの生地で風をすくうようにして、ぱたぱたと扇いでいた。常夏の島だからだろう、年中、癖のようにそうやっていたのを覚えている。

お姉さんは、私にガムやキャンディやチョコレートをくれた。私は、ベット一つでいっぱいになっているお姉さんの家によく入りびたっていた。穴蔵にベットが置いてあるようだったが、満足に布団さえない時代にベットは、文化生活の象徴のように思えた。

夕方になると、お化粧をして、ペチコートでスカートを膨らませ、ハイヒールを履いて、まるで、シンデレラ姫のように変身していくお姉さんを眺めるのが好きだった。いざ、出かけるとなると、淋しさを感じたものだった。

お姉さんの家に、アメリカ兵が頭を屈めて、身をちぢめて出入りしていた。そんなとき私はお姉さんに近づかなかった。一度だけ来ていることを知らなくて行ったことがあった。アメリカーの顔を見て逃げ出そうとする私に、お姉さんは、「ちょっと待って」と言って、両手に入りきれないいくらいの銀紙に包まれた涙の滴のような形のチョコレートや、チュウインガムなどをくれた。

アメリカ兵はお姉さんのことを、「ハーニー」と甘い声で呼んでいた。近所の大人たちは、陰で「ハーニー」と、言ってささやいた。アメリカ兵が来る日のお姉さんはよくしゃべり、よく笑っていた。

そんなある日、お姉さんが泣いていた。

歩いて一〇分ほどのところにある基地のゲートに、出かけては帰ってくるという行動をくり返すようになった。しかし、それもしなくなったとき、お姉さんは刺すような照りつける太陽を避けて、掘っ立て小屋のような家の物陰でスカートを捲し上げてぱたぱたやっていた。顎を空に向けて、目は何も見ていなかった。陽が沈んで暗くなってもそうやっていた。もう、シンデレラ姫に変身することもなくなっていた。

私にも声をかけなくなった。ただ、押し黙ったままだった。私もお姉さんのところへは行かなくなった。

「アメリカーに捨てられたんだ、アメリカーは本国に妻も子どももいるというからね……かわいそうだけど、しかたがないさ」

母を含めた大人たちは、そんな会話を子どもの前でもあけすけに交わしていた。

それから、間もなくして、お姉さんの母親が、バスもときどきしか走っていない遠い田舎からやってきて、近所の人たちに頭を下げてお姉さんを引き取って行った。

アメリカ兵もお姉さんも、チュウインガムは噛んでいなかった。だとすると、私がガムの音出しをかっこいいと思い、練習に励んだのはもっと後のことだったかもしれない。

私がガムをカチカチ噛むと娘が、「うざったいから、やめて！」と怒る。確かに他人の貧乏揺すりのように、気に障る音かもしれない。私は音を出さないように噛む。でも、無意識のうちに音をまた出している。睨む娘の顔色を窺いながらカチカチと、やっている。

記憶はぼやけているが、剥がせないチュウインガムの一部がどこかにあるのだろう。

メイドとご主人様

時代が変われば、生活スタイルやサービス業の振る舞いも、こんなに変わるものかとびっくりしたことがある。

メイド喫茶、メイド居酒屋というのが流行っているそうだ。客が入っていくと、「ご主人様。お帰りなさい」と、メイド服の可愛い女の子が迎える。注文を受けるときには、ひざまずく。仮想世界の主従関係だ。現実の恋愛に失望した男性が好んで通うとのこと。メイドと一緒にトランプゲーム五〇〇円、プリクラ写真一〇〇〇円だとか。

私が中学生の頃、ベビーシッターを近所の外人住宅でやったことがあった。

ベビーが寝た頃、私はお腹が空いていた。ご主人である両親はいつまでも帰ってこない。

食料品などは見当たらない。どうにも我慢ができなくなり、とうとうキッチンの棚を開けてしまった。コーンフレークの箱が並んでいた。私は泥棒の気分になり、棚をそのまま閉めた。だが、棚を開けたことを長いこと後悔した。

私が過ごした時期、沖縄は、ご主人様がアメリカ人で、メイドが沖縄の人だった。メイド、ガーデンボーイ、ベビーシッター、自動車修理工、掃除婦などはオール沖縄の人で、車はアメリカ人のお古に乗っていた。

もうひとつびっくりしたことがあった。

本土復帰を果たした後の今の沖縄である。

穴の開いた車に乗っているのはアメリカ人で、ぴかぴかの車に乗っているのが沖縄の人だ。金髪のウェイターやウェイトレスも珍しくない。実家の近くのレストランに行くと、基地の休みの日はアメリカ兵がアルバイトで唄を歌っているショーがある。日本人の客に笑顔のサービスで写真に収まってくれる。

本土生活が長い私はもしかして、主従関係の仮想世界に迷い込んでしまったのか。アメリカンポップス、オールディーズを聴きながら考えた。

曾祖母が一番だった

曾祖母は戦争が終わってしばらく生きていた。

戦争の話になると曾祖母のことが常に話題になる。

母の実家は、沖縄本島中部にある北谷《ちゃたん》という町だ。東シナ海に面して海沿いに、読谷《よみたん》、嘉手納《かでな》、北谷と、アメリカ軍の基地が広がっている。その地は、一九四五（昭和二〇）年四月一日、沖縄本島にアメリカ軍が上陸してきた場所である。

海一面に広がるアメリカ軍の戦艦を目の当たりにし、村の人たちはそれぞれに荷支度をして逃げた。祖父のところでも、当面の衣類、鍋釜、食料品でリヤカーがいっぱいになった。

それでも荷物は入りきれないので、嫁の祖母は、背中に赤ん坊を背負い、両手に風呂敷包みを持ったという。小学生の子どもも素手ではない。五歳の子どもさえ味噌瓶をあてがわれた。

一〇名の家族が家を後にするのである。

いつも大きい顔をしていた曾祖母は、リヤカーに乗るんだとだだをこねたが、それを引く息子である祖父がきっぱり断ったのだという。曾祖母は、「杖を突いている年寄りを歩かせるなんて」と怒っていたが、いざ出発となると、ひっきりなしに海から飛んでくる艦砲射撃の砲弾をくぐって、杖を突き突き誰よりも先に走り出した。

一家は曾祖母を先頭に逃げる格好になった。

しかし、先頭を走っていた曾祖母の目の前に後ろからヒューンと砲弾が飛んできて落ちた。

「もはや、これまで」と家族は覚悟した。

不発弾だった。

曾祖母は、と見ると、腰を抜かしている。リヤカーに乗せるしかなかった。

一家は二手に分かれて逃げた。遠くまで逃げ切れない曾祖母は、早くに捕虜になった。

曾祖母は「ワッターヤ（私たちは）カンポーヌ（艦砲の）クエーヌクサーヤサー（食い残しだよ）」と言いつつ、戦後を生きていた。

私はこの話を聞くたびに、顔さえ知らぬ曾祖母に身近な親しみを感じてしまう。

クワーディサー

沖縄の実家近くに気になる木がある。

枝が横に広がって、大きな葉が枝の先端に放射線状に込み合ってついている。木の下には、ときどき実が落ちている。実はつぶれたような楕円形で長さが卵大くらいだ。

あまり見かけない形状なので、母に名を尋ねると、方言で「クワーディサー」だと言う。

「この木は日陰をつくって、涼しいからいいよ」と言う。葉が横に広がってまるで、大きな日傘のようだ。なるほどと頷いた。

和名は何だろう。母は知らないと言う。そのままやり過ごしていた。

最近、本土の友人たちを沖縄に案内したときのこと、思いがけず、平和記念公園でクワーディサーに出会った。

平和ガイドの方の説明があった。

「かつて、沖縄では人が亡くなると、亡くなった方をスムーズにあの世に送るため、女性はお墓で泣く習慣があり、この木は沖縄では墓に植えるもので、人の涙と泣き声で育つ」


私は昔からあったとされるクワーディサーを最近になって意識した。戦争のなごりが色濃い子ども時代は、木樹そのものもあまり無かったように記憶している。墓の周りにもクワーディサーは無かった。復帰後に公園などが整備されて、その木が植えられたようだ。

平和記念公園の「平和の礎」には、沖縄戦で亡くなった二四万以上の人々の名が刻まれている。「比嘉《ひが》」、「友利《ともり》」、「稲嶺《いなみね》」、同じ苗字がずらっと並んでいて、家族、親族が亡くなっているのがわかる。

毎年、全島、全国からの遺族がお参りする。母や叔母たちも、叔父の名前を手で撫《な》でながら涙を流す。遺族の涙と嗚咽《おえつ》で育ったのか、公園にはたくさんのクワーディサーがあった。

和名は「モモタマナ」「コバテイシ」と言い、シクンシ科の大木で落葉樹。台湾や旧熱帯区に分布。沖縄が北限。それは、東南アジア戦や沖縄戦の激しさをも想像させた。

アメリカ・イズ・ナンバー・ワン

「アメリカ・イズ・ナンバー・ワン」

本のサブタイトルとして、書かれた文字を新聞に見つけた。

昔、よく耳にした言葉だった。沖縄が本土復帰するずっと前の話になる。

私の住まいの裏に、母親と小さな女の子が住んでいた。

女の子は小学校低学年。目はくりっとして大きく、まつ毛は長く、髪の毛は金髪で、巻毛だった。沖縄の人と白人とのハーフであることがだれの目にもわかった。

母親は、農業をしている周りの主婦たちとは違い、昼間の化粧気のない顔は血色がないくらいに白かった。夜は派手な化粧と派手な衣装を身にまとい、仕事に出かけた。

母親は近所の子どもたちに、「うちの子と仲良く遊んでね」と、よくお菓子をくれた。ときどき中学生の私たちももらった。

ある日のこと、学校から帰ると、女の子が大きな声で泣いているのが聞こえた。

女の子はランドセルを背負ったまま、自分の家の前に立っていた。母親はその子の前に立ちはだかるように立っていた。

「アメリカーと言われたくらいで泣くんじゃない。アメリカーは一等国民、日本人は二等国民、沖縄人なんて、三等だよ、三等！　わからんのかね？　早く、家の中に入れ！」

向こう三軒まで聞こえるようなものすごい剣幕《けんまく》で怒鳴っていた。女の子はびっくりしたのか、さらに大きな声で泣いた。母親は力任せに女の子を引っ張って家の中に入れた。

その光景を遠まきに見ていた私たち子どもは、その日、遠いところで静かに遊んだ。

「アメリカ・イズ・ナンバー・ワン」

その文字に昔の記憶が蘇り、悲しみに似た気持ちを覚えてしまう。

アフガン、イラク……。そう言えば、あの頃もベトナム戦争があった。

シミ

「お母さん、シミ、気にした方がいいよ」と、娘が特別な塩洗顔料をくれた。

「これ、使ってみて」と、高価な洗顔クリームを友人からもいただいた。

鏡に映った顔を見ると、目の縁にシャドーのようなシミ、頬にも色の濃い大きなのが……。

元々、私は「ジーグルー(地黒)」である。

沖縄の太陽に鍛えられ、チョコレート色をしていた。

小学校一年生になり、あだ名は「黒ちゃん」だった。

クラスではほとんどの子が色黒だ。それでも小学、中学、高校と、色の黒さだけは一番だった。黒人とのハーフの子がいるときだけ順位が違った。

沖縄が返還されるずっと以前の話だ。

アメリカ軍施政権下、沖縄住民の人権だとか尊厳だとか、そんなものはどこへやら、私たちは食べるために懸命だった。

農作地は基地の中、男性の働く場所は軍作業、女性の働く場所はごくごく限られていた。

米兵相手の春を売る商売は繁盛していた。

コザ（現在の沖縄市）には〟白人街〝と〟黒人街〝があり、西部劇並みのドンパチがあり、派手に新聞を賑わした。ベトナム戦争も続いていた。

そんな環境の中で、父親のいないハーフの子がいた。

「黒ちゃん」と呼ばれることによって、私は、初めて、「自分は他人より色が黒い」ということを認識した。「クロンボー」とはやしたてられたハーフの子は、どんなふうに自分を認識したであろうか。差別にあったことは疑いないし、いくつもその例を見ている。


自分の顔を気にする余裕も出てきた私だが、すでに遅い。塩洗顔剤や高価な洗顔クリームを使ってもそれは薄くならない。「よく泡立てて」、「ダブル洗顔」などとアドバイスを受けるが、どうだろうか。沖縄生まれの私のシミは、いくら洗顔しても取れないのでは……。

ヘーイ、ドナルド！

帰省したときのこと。我が父は、土日になると落ち着かない。フリーマーケットがあるからだ。帰国するアメリカ兵が上等品の日曜雑貨を出すという。基地の中で毎週行われている。

父に誘われたが「暑いから」と一度は遠慮した私だが、「歩いて五分くらいの場所だから」と言われ、物見遊山の気分もあって、父と連れ立って出かけた。

金網に仕切られた基地づたいを歩いて行くと、定時の一〇分前に着いた。すでに五、六〇人の人が非常用のゲート前に群がっていた。車は長い列をつくり、道路わきに停まっていた。日傘をさしている若いおしゃれな女性や、外国人のように身体のがっちりした若者たちでいっぱいである。その中に混じって、大きな袋を下げた元気な小柄なおばぁたちがいた。

夏の沖縄の日差しは殺人的である。その中で一〇分間待つ……。早くも後悔した。日陰もなく炎天下である。それなのに、定時を五分過ぎてもゲートは開かない。元気なおばぁたち三人がゲートの金網にへばりついて、基地の中の一人を指さした。

「アリ、アリ（あれ、あれ）、来たよ、あれだよ」「ヘーイ、ドナルド！」と、怒鳴っている。でも軍服のドナルドは向こうに行ってしまった。

一〇分経過しても開かない。

チラチラ姿を見せるドナルドに、「ヘーイ、ドナルド、オープン！」と、おばぁたちが自分の時計を指して催促している。気がすまないのか、「サンミンナランムン[*1]、ディキランヌー[*2]」とののしり、「ドナルドが担当者になってからいつも遅れる」と、怒鳴っていた。

ゲートが開いたのは、それから一〇分も経ってからである。開くと同時にみんないっせいに走り出した。常連のおばぁたちは商売をしているらしい。

この光景はいつか見た「ギブミー・チョコレート」の時代を思い出させる。

ゲートで待っていた人たちの服装も若者たちの体格も昔とは明らかに違うが……。

＊1　サンミンナランムン　……　計算もできない。
＊2　ディキランヌー　……　不出来な者。

遊歩道を歩けば

実家は沖縄本島西海岸側にある。歩いて二、三分で海に出る。整備された海岸公園の遊歩道には椰子や*アダンの木がある。東京に住む私は、帰省すると、東シナ海に沈む夕日を観ながら夕涼みをする。葉陰が夕日に染まると、ハワイの観光スポットのようだ。

いつもは、とんぼ返りの私だが、今回は海岸線を行き着くところまでのんびり歩いてみることにした。大きめの麦わら帽子を深く被り、タオルを首からぶら下げて、太陽の日差しが軟らかいうちに歩き始めた。

波は静かにどこまでも青くおだやかだ。ゴミもなく、きれいな海岸ルートを北に向かう。私と同じ年代の中年女性が歩いている。何人かのジョギングの人と行き交う。日本人であったり、米国人であったりする。

白い砂浜の人工ビーチには、すでに泳いでいる人がいた。芝生の上で準備体操をしている人がいて、のどかで平和に見える。

突然、後ろの方から大きな話し声が聞こえた。男たちの声だ。日本語ではない。振り返って見ると、「遊泳禁止」の立て看がかかっている岩場からである。四人の白人が酔って騒いでいるようだ。

橋を越えて、さらに行くと、ホテルがそびえ立っている場所に行き着く。日本人観光客が海を見ながらテラスで朝食をとっていた。

四〇分ほど歩くと、行き止まりだった。向こうは、金網のフェンスが張り巡らされ、「立ち入り禁止」の札がかかっている。土が掘り起こされ、ブルドーザーがあった。返還された土地の整備がまだ、終わっていないのだろうか。

私は、海を眺めた。二つの岩が海に浮いていた。

初めての眺めだな、と気がついた。

それもそのはずだ。この辺一帯はずっと、米軍基地だった。長い間……。

＊アダン　……　沖縄各島の海岸に広く自生。根はロープなど、葉は帽子などの材料。

コカ・コーラ

冬でも、コーラを無性に飲みたくなるときがある。「スカッとさわやか コカ・コーラ」の宣伝文句ではないが、炭酸が喉ごしにぐっとくる。パンチがあり、胃袋がスカッとする。

コーラを飲みながら、友人を思い出し、あの頃の故郷沖縄を思い出す。

「幸江」に誘われて〞ゴミの集金〟に行ったのは中学一年、一九六一（昭和三六）年の頃だった。幸江の父親は、米人住宅のゴミを集めていた。グリーンやピンクで縁取りされた住宅は山を切り開いたところにあった。息を切らして上がっていくと、眼下には地面を這うようにモノクロの民家が海の向こうまで広がっていた。

幸江は、三歩後ろからついてくる私を自分のすぐ後ろに引き寄せ、一心同体の状態にしてから気合いを入れ、ドアをノックをする。私は、幸江の後ろから顔だけ覗かせて唾を飲み込む。

ドアが開くと、幸江は、「ガーベジ(ゴミ)、マネー、ダアラ　フィフティ、プリーズ」と、言って手を出した。私も早く終わらせようと手分けしてノックするようになった。

はじめは、手を出すのが恥ずかしかった。ゴミ収集代償としてのお金なのに、「ギブミー・チョコレート」のような気分になるのだ。

まず、対応するアメリカ人を見上げなくてはいけない。青い目に見下ろされると怖い。私たちより小さいのは子どもだけ。その子どもたちが、私たちに石を投げる。幸江は相手を見据え、頭に人差し指を当て、左に回転させる。「ゲレン(馬鹿)ゲレン、パー」と言い、五本指をぱっと広げた。

集金の帰りには、幸江が気前よくいつも一〇セントのコカ・コーラをおごってくれた。

コーラは汗だくになっている私たちの体を爽やかに冷やし、腐る気分もスカッとさせてくれた。アメリカ製ではあるが……。

コーラのビンから創られた琉球ガラス*のコップが我が家にある。幸江からの贈り物だ。

＊琉球ガラス　……　米軍基地からの廃物として出るガラス瓶を工芸・実用品としたのが始まり。

最後のメール

メールのやりとりをしていたKさんが突然亡くなった。彼とは三線《さんしん》教室で一緒だった。

一九四五（昭和二〇）年生まれの彼は、三線をいじったことがあるらしく、なかなか上手い。三線の扱い方や、歌にしても、理詰めで先生に質問をしていく。熱心で真剣だ。

彼は沖縄県出身だが、めったに帰省することはなかったそうだ。親兄弟もいるのに……と、私は不思議に思っていた。

三線仲間と飲んだとき、Kさんの青春時代を聞かせてもらった。

彼は、高校を卒業すると、米留学をめざし、米軍の基地労働者になった。ちょうど、ベトナム戦争の頃だった。

米兵向けに、「ベトナム侵略戦争反対」のビラを基地ゲート前で撒いて、彼はMP[*1]に逮捕された。軍を解雇され、上京した。

「侵略」という文字を入れるか否かで、「全軍労」[*2]委員長とも大論争をし、組合の方針に納得がいかず、ゲート前でビラ撒きを決行。仲間に羽交い締めにされ、止められたが、それでもやめなかった。

その頃の私は、基地があることを当然と肯定し、アメリカの仕掛ける戦争を「止むを得ない」と考え、本土復帰になると、再び、「芋と裸足の時代」に戻ると信じていた高校生だった。

世の中の不条理に身体ごとぶつかっていく、若き日のKさんを知り、帰りたいのに帰れないKさんの気持ちが少し理解できたような気がした。

彼とのメールのやりとりは三線教室をやめてからだった。ほとんどが三線のことだったが、最後のメールは、「普天間基地の移転を少なくとも県外に」という民主党（当時）のマニフェストが〝違う〟と、怒りと失望の内容だった。

彼が亡くなった今も、メールはパソコンの中に残っている。

＊1　MP……　ミリタリーポリスの略。米陸軍憲兵。

＊2　全軍労……　全沖縄軍労働組合。一九六一年結成。一九六九年には二万人以上の組合員に。

海

六五歳で水泳をはじめた。

海に囲まれた沖縄で育ったのに、何で泳げないのかと、本土の友人たちは不思議がる。

私が子どもの頃の沖縄は、米軍施政権下にあり、私の住む地域には大きな米軍基地があった。

海は危ないところでもあった。

近くの「外人住宅」から出されたゴミを海にそのまま捨てていた。黄色や赤や青など、色とりどりのプラスチック製の洗剤の容器などが山と積まれ、異臭を放っていた。コンドームや石綿（アスベスト）などの危険なゴミまでも捨てられていた。

基地から川へ、汚水や汚物が直接流され、ある時には海からガソリンのような油の臭いがした。ダイナマイトや手榴弾を投げ込んで漁をする輩《やから》がいて騒がれたこともあった。

帰省すると、近くの海を母と散歩する。母は、泳ぎがカッパより上手かったことを自慢する。母たち姉妹は日が暮れるのも忘れて海で遊んだそうだ。

母の家は半農半漁で、家畜も飼い、豚や牛の売り買いをして生計を立てていた。海では魚が豊富に捕れ、祖父が魚やタコなどを持ち帰り、それを祖母が調理し、夕食が賑わった。戦争前の話である。

戦後は、漁をしていた海も米軍のヘリコプター基地になってしまった。漁をすることもなくなった。田や畑は米軍基地に取られ、残りわずかな土地を耕し、「外人住宅」を貸して生計を立てるしかなかった。

同じ海なのに、母の海と、泳ぐ環境になかった戦後の私の海とでは、ずいぶん違う。楽しい思い出を持つ母が羨ましい。

プールの初心者コースで、ムキになって泳ぐ私は、今日も口から鼻からたっぷりと塩素水を飲んでいる。

幻の花「イジュ」

琉球古典音楽の歌詞に「イジュ（伊集）」の花が出てくるが、沖縄本島中部で暮らした私は、ヤンバル*に咲くというこの花を見たことがなかった。歌詞は「色美しく咲いているイジュの花のように、私も真白くありたい」という内容だ。一度は見たいものだと常々思っていた。

ヤンバル・辺野古へと出かけた。

「捕まるなよ」「手を出すなよ」と何度もくりかえす母に見送られた。キャンプ・シュワブのゲート前は道を挟んでいくつかテントが張られていた。その一つに座った。横に座る女性に「逮捕されるのですか」と聞くと、「ここに座っている分には逮捕はされないよ」と笑って応える。

だが、座ってばかりはいなかった。テントの中の人たちは道路を渡り、一〇〇人ほどのかたまりのデモ隊となってゲート前を行進する。

ゲート前に引かれた黄色い線から一歩でも出ると逮捕されるという。逮捕された人もいると一緒に行進する人が教えてくれた。今朝の母の言葉が頭をかすめる。

私はひるむ。デモ隊は叫ぶ。

「軍事基地反対！」「新基地反対！」

基地内の黒い車両から顔の見えない声が
「立ち止まってはいけない」「逮捕する」と、しつこい。それでも、みんな立ち止まる。

「軍事基地反対」。「新基地反対」。

抗議の腕を挙げながら、学生時代に「沖縄を返せ」と叫んだ昔の緊張感がよみがえった。

夕方、安堵感でバスに乗り込む。

一本の木にいくつもの白い花が凛《りん》と咲いているのが車窓から見えた。「あっ」という声を発し、私は身を乗り出した。慌てて車中の人に尋ねると、「イジュ」だと。やっと巡り会えた花だったが、バスはすぐに走り出してしまった。

もう一度訪ねたいと、辺野古の海や森に心を残して、私は母の元へ戻った。

＊ヤンバル　……　山原。沖縄本島北部、名護市国頭村・東村などの地域。

主のない荷物

ひめゆり同窓会に誘われ、ゲストとして参加した。

会員の一番若い方が八五歳で、会のメンバーも年々減りつつあるとか。

会が始まるまでの時間、隣の席のご婦人としばしユンタク（おしゃべり）。

聞けば、一九四四（昭和一九）年の卒業生で九〇歳だという。「戦争にかり出されないですみましたね」と問いかけると、「父親が校長をやっていたから……」と、彼女は当時を語った。

学童を疎開させるという軍の命令には是が非でも応えなくてはならないが、道中、危険が伴うとあって希望者を募ってもなかなか集まらない。そこで、校長たちが集められた。校長は学童疎開を勧める手前、率先して自分の家族を疎開させなければいけなかった。

彼女の家族は疎開船に乗った。三隻の疎開船が船団を組んで那覇港を出た。船が揺れて、もう嘔吐する物が無いくらいに吐いた。自分たちは無事に上陸できたが、その内の一隻「対馬丸」は魚雷にやられて沈没した。

海の中にゲタや靴などが浮かんでいて、波の中を揺れて見え隠れしたという。主のない荷物だけが陸揚げされた。荷物には名札が付いていて、氏名、住所のほか、「甲辰《こうしん》」、「垣花《かきのはな》」国民学校の名前も記されてあった。それを見るのが切なくてね、と彼女は声を詰まらせた。

一緒に疎開した彼女の母親は、寒さにやられてすぐに亡くなり、後から追いかけて行くと約束した父親は沖縄南部にて戦死した。


会が始まった。机上には平和資料館のチラシが配られている。そこにはセーラー服姿の少女たちのセピア色の集合写真があった。

舞台では、校歌に合わせてかつての乙女たちが百合の花を手に持って踊る。

「首里城の丘かすむこなた……色香ゆかしき白百合の……」

いつしか私は百合の花を見上げる面々に、写真に映る少女たちの姿を重ねていた。

胸がジンとした。

蚊

庭の雑草を取っていると耳元でブーンとうるさい。一匹のヤブ蚊が私にまとわりつく。地球温暖化や人間の移動で、デング熱やジカ熱を発症させる蚊が日本にも現れる。南米では小頭症の子が生まれたというから蚊は怖い。

蚊といえば、沖縄八重山諸島の「マラリア被害」が思い起こされる。撲滅前の八重山には風土病のマラリア地帯が点在していたというが、先の戦争中、日本軍の命令で住民がマラリア地帯に強制避難させられて「戦争マラリア」の悲劇が起きた。

戦後は患者数が激減し落ち着いたが、沖縄本島の米軍土地強制収用で土地を失った人々がマラリア地帯に移住し、再びマラリアが流行した。

先日、ボリビア移民の長嶺為泰《ながみねためやす》氏の講演を聞く機会があった。

移民当時の沖縄は、米軍基地建設のために主要耕作地が奪われ、農地が不足する状態にあったことから、戦災民に対してボリビアへの移住を呼びかけ、一九五四（昭和二九）年に「南米ボリビア農業移民募集」が開始された。土地を失った人々への代替として琉球政府*が主体となっていたことが氏の話でわかった。

戦前は、食べていけない次男、三男がペルー、ブラジルへ移民した話は聞いていたが、戦後になっても米施政権下で移民政策が続いていたことを私は常々疑問に思っていた。ボリビア移民も八重山の再びのマラリア流行も、米軍の強制土地収用につながっていたのだ。

「なるほど、そうだったのか」と納得した。

長嶺氏から以前にいただいた『コロニア・オキナワ入植五〇周年記念誌』にも、「蚊」「マラリア」の文字が出てくる。ジャングルの蚊に覆われて馬が真っ黒になったり、あまりに多い蚊から子どもを守るために蚊帳《かや》の中で子どもを遊ばせるなど、蚊には悩まされたようだ。

パチンと蚊を叩くつもりが自分の頬を叩いてしまった。にっくき蚊のやつめである。

＊琉球政府……米軍政府下の住民側の行政府。

『二見情話』

沖縄民謡が流れた。何となく聴いていたが、以前から気になっていた歌詞が出てきた。

　戦場《イクサバ》ぬ哀り　何時が忘りゆら　忘りがたなさや　花ぬ二見よ

『二見《ふたみ》情話』だ。題名がわからずにいた。男女デュエットで歌う「情話」のニュアンスから、題名と歌詞がつながらなかった。

「二見」という地名も知らなかった。地図を開くと名護市の東海岸、大浦湾の入江に位置していた。大浦湾を南に下ったところに辺野古崎がある。ヤンバルと呼ばれる地だ。

「二見」には収容所*があり、沖縄戦で捕虜になった照屋朝敏《てるやちょうびん》（故人）が、戦後やっと古里・首里に帰れることになったとき、二見の村人への惜別の想いを込めて作詞作曲したそうだ。

『二見情話』の好きな老婦人の顔が浮かんだ。

彼女から沖縄戦の話を聞いたことがあった。雨降りしきる中、ヤンバルの山の中を逃げ回った。山の上り下りは滑りやすく難儀だったと。兵隊も民間人も山の中だったたと。歩けなくなった年寄りを入れるために家族が穴を掘り、必ず迎えに来るからと言い聞かせ、置きざりにしたという。雨の中、穴の中で震え、懇願するような目をした老婆の顔が今も忘れられないと、彼女は声を詰まらせた。

　二見美童《ミヤラビ》や　だんじゅ肝《チム》（心）清《ヂュ》らしや　海山ぬ眺み　他所《ユス》に勝《マサ》てヨー

一番の歌詞だ。今、ジュゴンも生息するという大浦湾、皮肉にもそこを埋め立て、新基地が造られようとしている。

ところで、冒頭の歌詞は「戦場の哀しみはいつか忘れるだろう、忘れられないのは美しい二見だ」という意味である。だが、私は「戦場の哀しみは、いつになっても忘れられるものではない」と解釈してきた。

沖縄戦を体験した祖母が「戦場ぬ哀りは忘れられない」とずっと言い続けていたからだ。

＊収容所　……　捕虜収容所。沖縄戦末期、軍人よりも民間人が多く収容されていた。

『骨まで愛して』

テレビから懐かしい歌が流れる。

生きてるかぎりは　どこまでも
探し続ける　恋いねぐら
傷つきよごれた　わたしでも
骨まで　骨まで　骨まで愛して欲しいのよ

「この歌は小学生か、中学生の頃に流行ったよね」
と、私。同じ歳の夫は

「何言っているんだよ、この歌は高校生か、大学の頃だよ」

「えっ、そんなことない。はっきり覚えているもん。だって、小学生が那覇の市場で赤ん坊を背負って歌っていたんだよ」

そこまで言ってから、気がついた。歌っていた小学生は私ではない。いつのまにか、その子を自分だったと思い込んでいた。

この歌が歌われていたのは一九六六（昭和四一）年の頃だ。城卓也が歌っていた。アメリカの施政権下にあった沖縄でも大ヒットしていた。子どもたちも言葉の意味も考えずによく歌っていた。

私は確かに進学で悩んでいる高校生だった。

返還前の一九五三（昭和二八）年から返還後の一九八〇（昭和五五）年まで、沖縄には、「国費・自費沖縄学生制度」というのがあり、学力のある人は本土の大学への留学ができた。また、英語の得意な人は米留学ができた。特に勉学に優れている高校生ではなかった私は、政府立の琉球大学の受験も選択肢の中にあったが、沖縄に残るつもりはまったくなかった。

沖縄の空からＢ52という大型爆撃機がベトナムへ飛び、ベトナム戦争が泥沼にはまった状態の激しい時だった。ベトナムで死んだ兵士が氷漬けにされて、沖縄経由でアメリカ本国へ運ばれていた。

「コンテナをいくつも連結させた車体の長いトレーラーが、そこの道（現・国道58号線）を毎晩走るよ」

と、近所の大人たちがささやいていた。

日本国憲法も売春法も行き届かない沖縄においては、ベトナムでの恐怖の悪夢で、夜中にベットから飛び起き絶叫する客の米兵を、水商売の沖縄の女性たちが同情しているというような話も耳にしていた。マリファナも蔓延し、米兵は荒れて、ビールを片手に飲酒運転は日常茶飯事。暴力事件、婦女暴行事件など住民絡みの事件は後を絶たなかった。

私も恐い目に遭ったことがある。酒かマリファナで酔ったような露出狂の米兵が登下校時に出没し、襲われる恐怖を感じたことがあった。

我が母などは、家の近所で何の理由もなく、通りすがりの酔った米兵に頭を殴られたことがあった。警察に訴えたところで、米兵相手だとにっちもさっちもいかないと、泣き寝入りするしかなかった。

本土復帰をすれば、戦前のように芋を食べて裸足で歩くような生活に戻るという「芋、裸足」論が巷に流れ、復帰派の友人と議論を交わしたこともあったっけ。

そんな時代だった。

やさしい言葉に　まどわされ
このひとだけはと　信じてる
女をなぜに　泣かすのよ
骨まで　骨まで　骨まで愛して欲しいのよ

私は、とても息苦しかった。沖縄から解放されたかった。

ただ一つの希望は、日本本土への憧れだった。

あまり思い出すこともない高校時代。夢だけ喰って生きていたような気がする。

ゴムゾウリにスカート姿の女の子は、赤ん坊を揺さぶりながら歌い続けた。あの赤ん坊はこの歌を子守歌に育って、もう、四五、六歳になっているはずだ。

自分だとばかりに思い込んでいた子守の女の子、アメリカの施政権において翻弄された沖縄、そして沖縄を手放した日本、日本に憧れる高校生の自分、なんだかこの歌にだぶってしまうなあ。

なんにもいらない　欲しくない
あなたがいれば　しあわせよ
わたしの願いは　ただひとつ
骨まで　骨まで　骨まで愛して欲しいのよ

テレビの歌謡ショウが終わっても、ひとりだけ私はあの頃の思いに耽っていた。

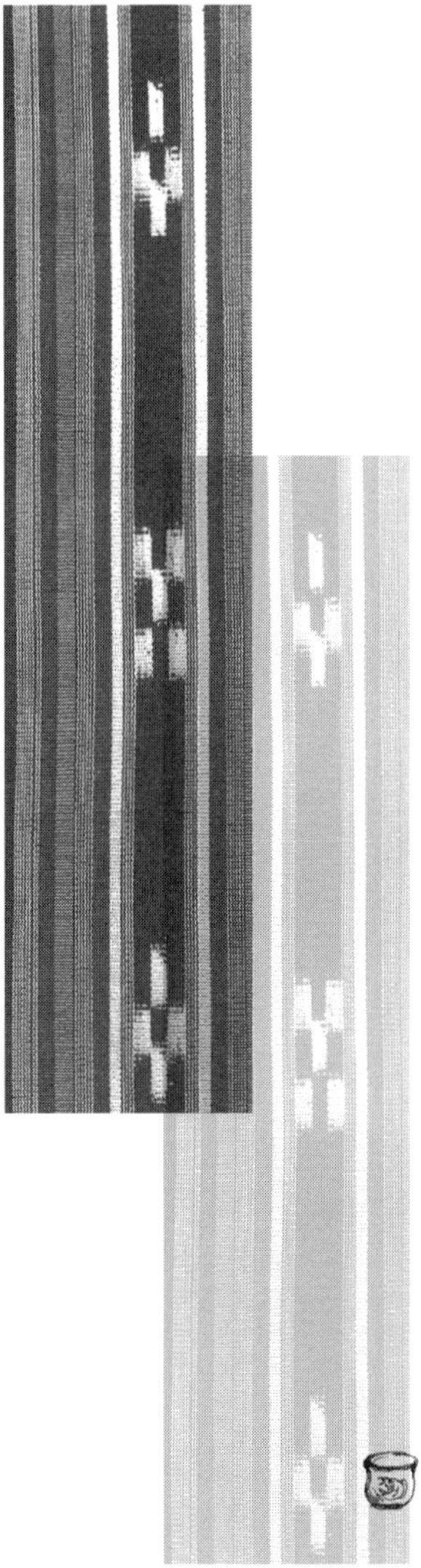

IV

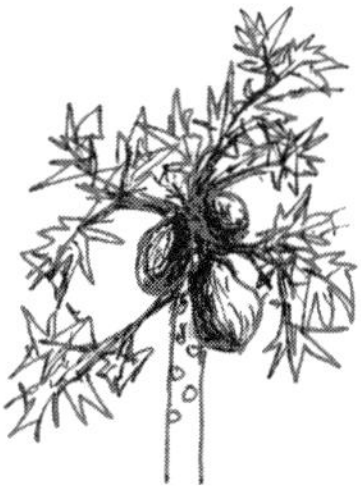

沖縄には「文子」がいっぱい

母の姉妹に「広子」という叔母がいる。沖縄に帰省すると、親戚中の情報を面白可笑しく提供してくれる。私は叔母のおしゃべりにお腹がよじれるほど笑う。明るくて饒舌だ。あるときの叔母は違っていた。なんだか黙りこくって元気がない。突然、

「慰霊の日に参列して涙が流れてしかたがなかったさ、誰のために流した涙だと思う」

思いがけないことを問われ、私は躊躇する。

「自分に、だよ……。子どもの頃の自分が可哀相でよー」

と、叔母は涙ぐんだ。

叔母は、小学校に入学して間もなく下校時、日本軍のトラックに足をひかれて大けがをした。やっと学校に行けるようになったら米軍の上陸。激戦地の沖縄本島南部を逃げ回った。

逃げ回っているうちに家族とはぐれた。ひとりになった叔母は見知らぬ家族とガマ（壕）の中にいた。ガマは人が溢れ、梅雨の雨が溢れて腰まで水に浸かる。ガマからはじき出される不安を覚えながら、壕の入口の方でじっと耐えて震えていた。

六月二三日、沖縄戦が終わっても叔母の中での戦争は、なかなか終わらなかった。一年間、家族と離れた孤独感と戦いながら、他人の家でご飯を食べさせてもらう屈辱感とも戦いながら、自分はどうして運が悪いのだろうと思い続けた。

命が助かったのは、むしろ、運が良いのではないかと私は言ったことがあった。

「いや、子どもの頃に地獄を見た心の傷は消えないよ。死んだほうがよかったと思うときだって何回もあるさ」

と、叔母は沈んだ。

三〇代の頃、運の悪い「文子」を捨て「広子」と改名した。陽気な面を見せるようになったが、今も叔母の中に「文子」は、存在し続けている。足の傷跡とともに……。

慰霊祭参列の後、しばらく眠れない夜が続く。そんな夜、叔母は「文子」に戻る。

生活語

何かの弾みに「ハバハバ」と娘に言うと、「何、それ」と返された。

子どもの頃、母が私をせかすときによく使っていた。私も友だちとの間でよく使っていた。「早く、早く」という意味である。

米兵が使ったのが始まりなので英語だと思っていた。ところが英語でもなく、語源も意味もはっきりしないが、沖縄住民が米兵の口から聞いた単語のひとつであることは確かだという。ガマの中から出てきた住民は「ハバハバ」という言葉に急《せ》き立てられて収容所へと向かい、そのように行動すれば米兵も異を唱えなかったという。

米軍将校でさえ、この単語の意味を説明できなかったようだ。南太平洋から米兵が持ってきた言葉ではないかという説もある。

もうひとつ思い出す言葉がある。

祖母は私たち子どもが米軍基地に近づくと、

「あの中に間違っても入るんじゃないよ、すぐパタイだよ」

と脅した。

「パタイ」という言葉の響きから「パタン」と、倒れて死んでしまうことをイメージした。その通り「死ぬ」「死ね」というタガログ語らしい。終戦直後に進駐してきたフィリピン人兵士や軍属から沖縄の人が聞き覚えたもので、私も子どもの頃は「おまえの母ちゃんデベソ」と同じような感覚で、意味もわからずに
「ユウ・プータギナ・パタイ（あなたは・頭がおかしい・死ぬ）」

と言って、友だち同士からかって遊んだ。

「ハバハバ」にも「パタイ」にも深刻さはなく、むしろちゃかすような感覚で、日常的に使っていた。私流に言えば、「生活語」だったかな……。

言葉は時代を反映していると言うが、沖縄で暮らした子ども時代に使っていた言葉を、今頃になって認識している私である。

アイスワーラー

久しぶり沖縄に帰り、日頃の感謝を込めて家族を食事に誘った。

弟夫婦二組と両親、私の七人で和風レストランに入った。

温かいお茶が出されたので、次男の嫁が、若いウェイターに、

「アイスワーラーを一つちょうだい」と言った。

ウェイターが、運んできたものは、山ほどの氷の入ったアイスペールだった。

嫁はあきれた顔をして「アイスワーラーですよ！」と念を押した。

ウェイターの目が、しばし止まってしまった。

「〈お冷や〉を持ってきてくれる？」と私。

ウェイターは「アー」と一言漏らし、顔にニコッと愛嬌を浮かべ、〈お冷〉を取りに戻った。

「アイスワーラーなんて懐かしい言葉だね、久しぶりに聞いたさー。今の若い人にはわからないはずよー」と長男の嫁が言う。

「あれー、なんでさー。今でも基地ではアイスワーラーって、言うさー」と、次男の嫁は納得がいかない顔をした。

戦後間もない頃に生まれた私たちは、「アイスワーラー」を普通に使っていた。「ice water」のことである。

どこでも、誰にでも、通じるオキナワン・イングリッシュだった。

「ウチナーは、アメリカーもヤマトもマンチャ、マンチャー(まぜこぜ)しているからねー、難しいさー」と母が言った。

「俺たちの頃は、〈冷や水〉と言ったんだがなー」と父が言った瞬間、みんなで、どっと笑った。

「アイスワーラー」は、大正生まれの両親とアメリカ軍施政権下に二七年間暮らした私たちと、復帰後に生きる若いウェイターとの間に時代の変遷を実感させた。

「それにしても、〈冷や水〉は浴びたくないさー」と長男が言った。みんなでまた笑った。

パパイヤ

九〇歳になる父が、パパイヤの木を庭の狭いスペースに二本植えている。パパイヤは半年で三メートルを越えるほど成長が早く、幹は直立で、一本の木から、年間一〇〇個前後の実が成る。

沖縄では、青いパパイヤは野菜炒めにし、パパイヤが黄色く熟すと果物として食べる。実がたわわに成ると、弟の嫁さんが「お義父さん、ずいぶん大きくなったね」と褒める。父にはこの言葉が「ほしいと」聞こえるらしく、「いや、これはまだまだ」と言う。

父は収穫しても、もったいをつけて、なかなか他人にやろうとしない。日数が経ち、新鮮でなくなったものをあげようとしても、「昨日食べた」とか、「冷蔵庫にまだまだある」と相手に断られてしまう。

若い頃から、遊ぶことが好きで家族を顧みなかった父だが、結婚前は職業軍人だったらしい。「らしい」というのは、あまりそのことをしゃべらないからだ。

満州、シンガポール、台湾、フィリピン……。あらゆる戦地を駆けめぐり、鉄砲の弾をかいくぐって、マラリアにかかりながら生き延びてきたようだ。軍隊生活の長い父は、自分の身は自分で守る、というのが徹底している。

家族に疎んじられているせいか、寝たきりにならないために、一日に一〇キロメートルを歩き、自炊もする。体力、健康づくりに懸命だ。

今も戦地にいる心境なのかもしれないと、私はふと思った。

パパイヤは土の栄養分を大量に摂取するため、その土地は一、二年もすると野菜も育たないほどの痩せた土地になるという。

そういえば、パパイヤの側に植えてある母のオクラは、ちっとも実が生らない。

父のパパイヤは、牛の乳房のような大きな実をいくつも垂らしていた。

はじめての散歩

久しぶりの帰郷。沖縄は一一月にもかかわらず、三〇度を超す勢いの暑さだった。

父と散歩に出た。散歩コースは海岸線六キロの道程である。

海岸は公園として整備されていた。海はコバルトブルーで遠くまで広がっている。椰子の木が立ち並んでいる。ここに立つと、頭の中にハワイアンが流れる。

「昔は椰子の木なんてなかったんじゃない？」

「いや、あったさ、クバ笠*はヤシの葉で作ってあるさ」

クバ笠とは、農作業などで日よけに被る昔からのものである。

しばらく行くと、大きなソテツがあった。

「ソテツの葉を何枚も重ねて庭掃《は》きを作ったものだ」と、父が言う。そう言えば、そういうのが確かあったのを思い出した。

「このアダンの葉で風車を作ってよく遊んだよ」と、私。

ときどき、立ち止まり、海をバックに父を写真に収めた。

足下のコンクリートを指して、「この幅は何メートルで、いくつある」などと細かいことを父は説明する。この海岸線がアメリカ軍ヘリ基地の中にあった頃、父は現場監督として土木の仕事をやったという。


子どもの頃は怒ってばかりいる父が怖かった。思春期には息が詰まりそうになりながら父を嫌った。大人になってからも反りが合わず、なるべく避けていた。

波もなく静かな海を観ながら、私は不思議な気持ちになっていた。

私は歩調を合わせようとゆっくり歩いた。だが、父の歩調は早く、私の方が追いつくのに歩幅を広げた。少々汗ばんできた。

私六〇歳、父九三歳のはじめての散歩である。

＊クバ　……　ビロウ。ヤシ科の植物。葉は帽子（クバ笠）や扇（クバオージ）に利用。

父ちゃんは問題爺

家の前を犬を連れた人が通ると、実家の犬が吠えてうるさい。そこで、父は、その人に「別の道を通ったらどうか」と言ったそうな。

また、シャワーの音がうるさくて寝られないからと、隣人に二一時以降の入浴を禁止したそうな。裏の空手道場には、声がうるさい、光がまぶしいと文句をつけに行くそうな。

そんな父を母は「父ちゃんは問題爺」だと苦笑する。

両親の暮らす沖縄県中部は、米軍基地に多くを占められている。

家は海岸の裏手の方にある。

金曜日、土曜日の夜ともなると、米兵たちが海岸にたむろして、音楽をガンガンかけ、朝

まで酒を飲んで騒ぐ。私が帰郷するたびに、

「クヌヒャーターヤ、ヤガマサヌ、ニンララン（この野郎たちが、やかましくて、寝られない）」と、父は怒っていた。

「怖くないのか、ときどき、文句言いに行きよるさ」

と、母はあきれている。

酔いの残っている米兵から、以前、何の理由もなく頭を殴られたことがあった母は、彼らをとても怖がっていた。

父は短気で、昔から他人ともめごとが多い。でも、強いものには弱いし、長いものには巻かれるところがある。

「本当に抗議に行っているの？」と、疑問符を付けて聞く私に、母は、「言い方もあるさぁ、ヤファテングァ（柔らかく）言うから、毎晩騒ぐさ」と、応えた。

シャワーを遠慮したり、遮光カーテンをつけたりと、気を遣う隣人に、「九〇歳も越えているから勘弁してね」と、八七歳の母は、頭を下げて歩くという。

沖縄の叔父さん

叔父さんは母の弟、七〇歳代後半。私とはひと回りしか違わないが、叔父さんと呼ぶ。

本土復帰した頃の話だ。米軍基地労働者だった叔父さんは、沖縄が本土復帰したのを機に退職し、一念発起して、ヤマトを飛び越えてカナダに行くことにした。その前に、東京での生活もエンジョイしたいと、東京にアパートを借りた。

お茶が好きな叔父さんは、「東京は茶グァ[*1]も小さな茶碗に一杯だけ。思う存分飲めない」と言う。確かにやかんに満タンのサンピン[*2]茶を飲んでいた沖縄とは違った。

そんな叔父さんがある日、顔を腫らしてぼこぼこだ。叔父さんはお茶にも増してお酒が大好きだ。歌舞伎町で思う存分酒を飲んだのだろうか。とんでもない金額を請求された。が、所持金がない。殴る蹴るのあげく、タクシーに乗せられ、アパートまでオニイさんたちに押しかけられて払わされた、という。

「東京ヤ、ナラン」と、叔父さんはカナダ行きを早めた。

旅立ちの日、空港に見送りに行くと、乗るはずの飛行機が出た後に叔父さんはやってきた。乗り損なったのだ。二度目は無事乗れた。私はほっとしていた。

それから、一週間くらい経った頃だった。カナダに行ったはずの叔父さんが東京にいたのだ。びっくり眼《まなこ》の私に、叔父さんの第一声は「赤い絨毯を踏んで帰ってきたよ」だった。

パスポートは持っていたが、ビザを持ってなかったので入国できなかった、とのこと。赤い絨毯の敷かれた空港のホテルで一晩泊まって送り返された、という。

叔父さんの夢はそこで途絶え、以来沖縄から出たことはない。

「復帰」というと、そのときの叔父さんを思い出し、不謹慎にも笑ってしまう私である。

今年は沖縄が本土復帰して四〇年になる。

＊1　グァ　……　ウチナーグチの縮小語尾。かわいらしい、親しい意味で付ける。
＊2　サンピン茶　……　香片茶。いわゆるジャスミン茶で、沖縄でふつうに飲まれる。

ムエー

母は朝から鏡台の前に座ってウキウキしている。毎月一二日は、大正一二（一九二三）年生まれの「同級生ムエー」に行くからだ。

「ムエー（模合＝モアイ）」というのは、本土でいう「頼母子講《たのもしこう》」とか「無尽《むじん》」とか呼ばれる講のようなもので、昔からあったようだ。相互扶助的な金融を目的とする集まりで、目的にしたがって「無尽萱《がや》」、「屋根講」、「葬式講」など、さまざまなムエーがある。また、社交が目的の「将棋講」、「茶講」などもある。

沖縄では、兄弟、従弟、同級生、職場、同郷ごとにムエーがある。私の従弟など四つもムエーをやっている。九〇歳の母でさえ二つやっている。

銀行が一般的でない頃、母方の祖父は金融を目的とするムエーをいくつもやっていた。金額が大きくなると、保証人も要る。外国に等しかった本土へ持ち逃げする人もいて、リスクも大きかったらしい。

子どもだった私は、祖母から「今日はムエーだから、お金を早く持ってきて」と、父への言付けを預かったことがあった。伝えようにも父は都合良く不在。保証人の祖父が肩代わりした。父は二回目に取って（融資を受けて）、出資のほうは祖父がずっと立て替えたらしい。

祖父はお人好しなのか、それとも父の口が上手いのか、何回か保証人になって、父をムエー仲間に入れていた。結果は同じである。

「あんたの父ちゃんは……」と、祖母は私に愚痴をこぼした。お陰で肩身の狭い思いをした。

母が六〇歳から始めた同級生ムエーは、二〇人で始まって、三〇年経って六名となったという。寂しくなったとはいうが、母は子どもの頃の話や子や孫の話、戦争の時の苦労話などをたっぷりとやって充電して帰ってくる。

近年あまり聞かなくなったこの「無尽」だが、沖縄では盛んだ。東京でも同郷の人が集まってやっている。誘われるが、私は気が進まない。きっと父のせいかも……。

「チケーネーラン」

九八歳になる父は、沖縄で九一歳の母とふたりで健在だ。緑内障で目は不自由になったが、スーパーに出かけて、自分の好きなものを買ってきて食べる。自分のことは自分でやるという習慣があり、食事も洗濯もやっている。

その習慣は、軍隊生活が長かったせいだ。マラリアにかかって死にかけた、腕にも肩にも鉄砲玉の破片が入っている、食料がなくなりネズミも食べた……だのと、自慢そうに父から聞かされたものだ。戦争から帰ってきて母と見合い結婚をしたのだが、夫婦喧嘩は絶えなかった。お金、女、パチンコ……。父のせいで母は苦労をしたと、今でもことあるごとに愚痴をこぼす。

子どもの頃は短気な父が怖くて苦手だった。家を出て東京で暮らすようになっても、私は父親と、意思の疎通が上手くいっていなかった。

そんな父の良いところは、口癖のように「チケーネーラン」と言うところである。九五歳の誕生日に、「テレビ」を買いに父を電気屋に誘ったことがあった。帰り際に足下が見えず転んでしまったが、父は「チケーネーラン」と言う。沖縄の方言で「大したことない、大丈夫」という意味だ。

だが、骨折していた。三か月間ギブス生活を強いられた。私は誘ったことをとても後悔した。母だったら誘った私のせいにするはずなのに、父は一言も愚痴をこぼさなかった。その言葉に救われた。

八〇歳で屋根から落ちても、九〇歳で風邪をこじらせて肺炎になっても、「チケーネーラン」と言っていた。しかし、いよいよ大事に到ると、一人でタクシーを飛ばして入院したり通院したりと、行動に出る。

自分に降りかかった災難を他人のせいにしない父の潔さを、最近になってようやく感じている私である。厳しい軍隊生活に比べれば、今の生活など「チケーネーラン」ということなのだろうか。物事を前向きに自分の都合の良いように考えるのも長生きする秘訣の一つなのかもしれない。「高齢者」の範ちゅうに入った私としては、父を見習いたいものである。

腐っているかもしれない食品を「チケーネーラン」と食べるのだけは考えものだが。

男はソーキ骨《ブニ》が足りない

二〇一四年、那覇の叔母たちが亡くなった。父の妹と兄嫁だ。二人は共に九六歳だった。

二人の叔母が、「イキガヤ　ソーキブニヤ　ティチエ　タラングトウ　シカタネーラン（男は肋骨が一本足りないからしかたがない）」と常々言っていたのを思い出す。

那覇では、「男は女に夢中になると愚かになる」という意味で使う言葉らしい。なるほどと、私は納得した。父に苦労させられた私たちきょうだいに、よく叔母たちは言って聞かせていたが、自らもそうやって慰めていたのだと理解した。

那覇人の父の親兄弟や婿には女の影があり、「妻」という立場の叔母たちは苦労をしたようだ。我が父などは、三人もいた。「女に貢いで家には何にも残らないさ。パーだよ」と、母は年中癇癪《かんしゃく》を起こしていた。

その文言の出所はどこだろうか。

旧約聖書には、男の肋骨の一本から女が誕生したという教えがあるらしい。祖先崇拝の沖縄に『聖書』の影響とは……。

興味をそそられ、歴史のページを捲《めく》った。いた！ベッテルハイムが。

ペリー来航に先立って、沖縄にも英、仏軍がやってきた。薩摩藩は首里王府に外国貿易は認めたが、キリスト教の布教は禁じた。にもかかわらず、英人宣教師ベッテルハイムは招かざる客として、一八四六（弘化三）年から九年間、波之上の護国寺に滞在した。聖書を琉球語に翻訳したという語学の天才だった、とある。


遊び惚ける沖縄男に対して、働き者の女が、聖書の一片を、生きるための座右の銘として使ったとしたら面白い。いずれにしても、この言葉で生き抜いてきた大正生まれの叔母たちは強かった。

本当に男はソーキ骨が足りないのかもしれないと半ば信じていた私は、さらに調べる。

ちなみに、人体の肋骨は男女とも同じ数である、と記されていた。

「もう、いいかい」

沖縄の実家に帰ると、居間に健康器具のエアロバイクがどんと置いてあった。外に出たら戻れなくなることが多くなってきた九九歳の父のために、弟が購入したものだ。

朝からご飯を炊いて、テーブルいっぱいにお茶碗を広げる父。自分の親兄弟が来るから、おかずを用意して接待をするように母をせかす。

弟が訪問者の名を訊くと、兄弟、姉妹の名前を言う。言っているうちに、「みんな、もう死んだなあ……」とつぶやき、夢だったことを悟る。そんな日常を父は暮らしている。

バイクをこいでいるときのことである。父が私に「もう、いいかい」と問うた。私はびっくりして父の顔をしばしながめた。父は、絶対に子どもに許可を請うような人ではなかった。

細くこけた父の顔を見ながらふと想像した。父が生きた九九年の人生と沖縄の時代を。

貧しさゆえに母親の実家で育てられた父は、かなりのひねくれ者だったらしい。中学を卒業すると、軍人養成学校に入った。父の性格は長い軍隊生活の中で磨きがかかり、私たちきょうだいは理にかなわないことや父の気分の善し悪しで怒られることも度々あった。小さい頃は父の存在が怖くて、思春期には嫌った。

「疲れたらいいよ」と、遠慮がちに私は父に応える。だが、弟が横から、「まだ、一分しかこいでないよ。もう少し頑張って」と言う。父は素直に弟の言葉に従う。


プライド、威厳、権威、一枚ずつはがれていく父は、私の知る父とは違う。口うるさく干渉することもなく穏やかである。九二歳になる母は、大変と言いながらも父親の行動を見守る。

「私が用意した食事を文句も言わずに食べているよ」

と、以前よりストレスも減り、父の心配をする良き妻になっていた。

今度、父に「もう、いいかい」と訊かれたら、私も「まあだだよ」と応えよう。

一〇〇歳までもう少し、頑張って父ちゃん。

父の涙

テレビで、映画『男はつらいよ』を楽しみに観ている。何度観ても笑える。私は満足しながらも、映画だと笑えるけど家族にそんな人がいると大変だよと、父の顔を思い浮かべる。

父にも「さくら」のような妹がいた。九九歳の父とは二つ違いの静叔母だ。父と叔母は七人兄弟の四番目と五番目。二人は家庭の経済的事情で母親の実家で育てられた。

物心つく頃から預けられた母親の実家は、風呂屋とポーポー屋*を生業としていた。父は番台の小銭をくすねたり、癇癪《かんしゃく》を起こしてポーポーに砂を投げ込んだりと悪さをした。父は常に怒られて育ち、叔母は祖父母に可愛がられた。

寅さんのような父は、大人になってからも妹に甘えていた。お金が無くなると、叔母のところに私を使いに出す。叔母の嫁ぎ先の様子を伺いながら私がうろうろしていると、叔母が出てきてお金を手渡してくれた。

叔母はおっとり、お嬢様、という風情で、島言葉をゆっくりしゃべる。怒ることがない。父とは性格が真逆の人だった。

帰省した折り、叔母を訪ねた。先の戦争では米軍の上陸により地上戦を体験し捕虜となる。その時代の苦労話もしたが、自分がいかに恵まれた生活をしてきたか、思い残すことはない。「幸せだよ」と言っていたのが最期だった。享年九六歳だった。

我が家族から疎まれていた父のことを、「あんたの父ちゃんはとても良い人だ」と、褒めてくれるただ一人の人だったのに……。

叔母の葬儀の日、父は「静ー」と一言発して涙したという。父の泣いた姿を、私たち家族は一度も見たことがなかった。

拠り所の妹を失くした父は認知症が進み、頻繁に過去への旅に出るようになった。旅に出る「お兄ちゃん」を「さくら」が見送る場面で、きまって私は鼻をする。

＊ポーポー　……　味噌餡の入ったクレープ風の食べ物。

名台詞

私が子どもの頃、父のことを「すごい」と思ったことがある。近所のマチヤグァ(雑貨店)の店先で、酒に酔った父が店主を相手に、「もし、御新造さんぇ、おかみさんぇ、いやさぁお富ぃ、久ぶりだなぁ。しがねぇ浮世の情けが仇……」と、目ん玉をひっくり返して見得をきり、歌舞伎(演題『与話情浮名横櫛』)の「切られ与三郎」を演じたのを観たときだ。

偶然、私はそこで買い物をしていた。紙幣は軍票のB円[*1]を使っていたという記憶がある。方言で演じられる沖縄芝居が、テントを張って、村々で上演していた頃だ。歌舞伎なんて日常生活からは遠かった。日常語が方言の小学生だった私は、口をあんぐり開けて、そのときの父に尊敬のまなざしを送った。父の口から流れ出る日本語の台詞に惚れ惚れした。

そんな父だが、短気者で浮気者。夫婦喧嘩は日常的で、年中ちゃぶ台をひっくり返していた。散らかった茶碗の欠片を泣きながら拾う母の姿に、女の悲しさを幼心に察した。

ある日の母は違っていた。いつものように大喧嘩。「おまえのような女は」と父は方言で声を出した。すかさず、母は「こんな女に誰がした」とヤマトグチで父に負けない声を張り上げた。私は母の台詞を聞いて、びっくりするやら嬉しいやら。格好良い母に心の中で拍手をした。振り上げた父の手がそのままになっていた。

「こんな女に誰がした」は聞き覚えのある台詞である。この歌は、一九四七(昭和二二)年当時、大ヒットした。戦争の犠牲になった女の無限の悲しみを、菊池章子が切々と歌っている。『こんな女に誰がした』という題名はGHQ[*2]から「日本人の反米感情を煽る」とクレームがつき、『星の流れに』と変更し、発売になったとある。そんな経緯のある歌だなんて子どもの私には知るよしもなかったが、切ないメロディと歌詞「星の流れに身を占って　どこをねぐらの今日の宿……」は、貧乏で飢えていた当時の境遇が、どこか自分にも似ていて心に響いた。

父の幼名は「与三郎」ならぬ「三郎」、母は「富」ではなく「敏」。二人は元気である。

それにしても、あの日、あのときの両親の台詞は忘れられない。

＊1　B円　……　一九四八～五八年、ドル建てに移行するまでの法定通貨。米軍が発行。
＊2　GHQ　……　占領連合軍司令部。

「軍曹のように」カシャ

家の前にバスが止まった。「父ちゃん」と、私が声をかけると、きょとんとした父の顔は「あー」という声を出し、やがて笑顔になる。通所施設の職員に、「これは、私の娘」と得意げに私を紹介した。認知症であっても娘の顔は三か月ぶりでも忘れてはいない。

前回帰省したときには、排泄が上手くいかなくて家の中に異臭があった。今回は異臭も消え、体重も増えていた。デイケアに月曜日から土曜日まで休むことなく通っている。父は、自分は座っているだけでよい管理職であり、施設には「仕事で行っている」つもりでいる。

父は一九一五（大正四）年一二月八日で一〇〇歳となる。父の誕生日祝いにと私は帰省した。

その日、父は自分が小さい頃のことをウチナーグチでよくしゃべった。父は叔母と二人、家庭の経済的な事情から、きょうだいと離れて母親の那覇にある実家で育った。そこは風呂屋と小さな旅館（ポーポー屋も兼ねる）を営んでいた。

父は水くみや燃料を釜にくべる手伝いをしたこと、番台の曾祖母の目を盗んで小銭をくすねたこと、五銭を口の中に隠しているのが見つかり、呑み込んで大変な目にあったこと、妹の小遣いをいつも半分くすねていたこと、身振り手振りを交えて旺盛に語った。

まばらに点在する茅葺《かやぶ》きの家や赤瓦《あかがわら》の家々をぬいながら、牛や馬や馬車、人力車が走っていたのだろう。琉球松がぽつぽつと立つ、砂埃《すなぼこり》の曲がりくねった道を逃げ回る腕白な少年時代の父が目に浮かぶ。私は、大正、昭和の初めの頃の沖縄を、いつか見た古い那覇の写真にかぶせて、自分なりに想像しながら父の話を聞いた。

その夜は、興奮したせいか、父は眠らなかった。父のウチナーグチが一晩中聞こえていた。父の部屋をそうっと覗くと、タンスの中から背広を出して、「こんなところにあったのか、これは全部自分のものだ」と騒ぎ出した。別室で寝る九二歳の母がトイレに起きると、「上等だから見てごらん」と見せようとする。母は「夜が明けたら見るよ」と父をベッドに入れた。

父はベッドの中でもしゃべり続けた。今度は標準語である。「東京」、「質屋」、「私が支払いに行くから、安心して」、「大丈夫」、「金はあるから」と、誰かと話をしている。

そこへ、通いで介護をしている近くに住む弟が、いつものように朝六時にやってきて、「父ちゃん」と声をかけた。寝ぼけた顔ですぐに起きてきた父は「今まで知念さんが居たのに、お前が声をかけたから消えた」と言った。先ほどからのおしゃべりは「知念さん」との会話だった。

弟に「おまえもよく知っている知念さんだよ」と言う。近所の友人で、兵隊仲間でもあったらしいことを言った。戦死をしたとも言う。知念さんに、自分の本を五〇〇〇円で譲る交渉をしてお金をもらう寸前だったのに、あんたたちが声をかけたから消えてしまった、と悔しがった。「戦後生まれの自分に戦死した知念さんは知るよしもない」と弟が言うと、父の「知念さん」の話は終わった。

父にはあの世からときどき、両親、兄姉がやってくる。母におもてなしをするように言いつける。自分でご飯を炊いて、テーブル一杯に、ご飯を装った茶碗を並べたこともあった。

私はあの世の人たちと接している父に訊いた。あの世はどんなところかと。父が言うには、あの世もこの世と同じだという。でも、悲しみや苦しみはないのではないかと、再び訊ねると、あの世とこの世には丸い橋が架かっていて、そこを越えるに越えられなくて苦しんでいる人がたくさんいる、と父は応えた。父もその一人のように私には思えた。「自分はまだまだ死なない」と宣言をして元気だった父が、翌日は「生きていても価値がない」と言って、無口になった。無くした五〇〇〇円を二時間も探して見つからないことがきっかけで意気消沈してしまった。

今日は父ちゃんの一〇〇歳の誕生日だと教えてあげると、父は顔をゆがめて呻《うめ》くように泣いた。その日は、通所施設で唄をうたってみんなが祝ってくれた。やはり泣き出してしまったようだ。

冬といっても沖縄は暑いくらいだった。父と母と私はゆっくりお茶を飲む。母がテーブルの上に出ている私の手と父の手を見比べて、「父ちゃんの手とそっくりだね」と言った。母が私の手の横に自分の手をかざし、「あんたも私も苦労した手だね」と言う。父も私も黙っているのに、母は、「父ちゃんは苦労してないから手もきれいだよ」と、暗に父に苦労させられたことを皮肉った。ぼんやりしていたはずの父が、「アンイチンアミ（そんなことってあるか）」と言い、「戦地でどんなに苦労したことか、人にはそれぞれの苦労がある」と、巻き返した。

父は羽織袴を、母は留め袖を着て、記念撮影に収まった。母の笑顔が若い。「結婚式みたい」と母が喜んだ。「父ちゃん、軍曹のように」と私は声をかけた。どんよりした父の目が光った。父は背筋を伸ばし、胸を張った。左手を握り拳にし、扇子をかざした。

カシャ、カシャ、カシャ。シャッターの音がスタジオに響いた。

久しぶりに父と暮らした一週間は、過去、現在、後世である未来を、自由自在に行き来している父の話を楽しみ、父が生きた一〇〇年の歴史を想像させるものとなった。

一〇〇年の骨

収骨の間に案内された。着物を着せて父の旅支度をしたが、骨だけが棺桶に眠っていたままの状態できれいに並んでいた。

「棺桶に入っていたものは細かいので取り払い、骨だけを整えてあります」

と、葬儀屋の若い女性のスタッフが説明する。弟二人と私で足の方から骨を拾い、箸渡しで白い骨壺に入れていくように指示された。

「落とさないように渡してください」

と言われて私は緊張した。

はじめに私が、足先の関節らしい骨を箸で拾う。骨は炭のような乾いた音をたてた。上の弟に渡す。次に末の弟に渡し、三個の骨を無事に箸渡しすることができ、ほっとする。その後にスタッフの先導で他の親族が拾っていく。

膝や脛の骨が太い。父は九〇歳を越えても歩いていた。一〇〇歳を超えてもトイレの窓から三度も脱走した足である。

肋骨のところで針金のようなものを取り除いているスタッフの彼女に訊いた。

「弾《たま》のようなものがありませんか」

彼女は刷毛《はけ》を動かす手を止めた。

「タマ……、鉄砲の弾ですか」と、不思議そうな顔を私に向けた。

自分の肩には弾の破片が入っていると、軍隊生活の長い父は語っていた。彼女が刷毛で灰を払いながら探したが、「弾の破片」は見つからなかった。

最後の頭蓋骨は、初めと同じように姉弟三人だけで拾う。喉仏を囲んで頭蓋骨を上に被せるように置く。彼女の説明は続く。

「骨壺は本土のものより大きめです。年齢の割には大きな方だったのですね」

閉まらない蓋を彼女は持ち上げて、金箸で壺の周りを突ついた。下方の骨は砕け、骨壺の蓋は閉まった。一九一五(大正四)年から一〇〇年の骨である。

抱いた骨壺はほんのり温かかった

アンマーはハティーだった

母の姉妹たちが集まると、アンマー（母親）の話になり、そして、「アンマーはハティーだった」という話になる。

「ハティー」とは、沖縄の方言で、気性が荒いこと。手が早かったり、暴言を吐く人のことをハティーという。

本土返還の頃、年金が沖縄にも適用されるようになった。アンマーには年金がないという役所からの通知があった。アンマーは、自宅から基地を越えて向こう側にある役所に、「そんな馬鹿な話があるか。税金たくさん取っておきながら年寄りに年金をやらないとは何事か」と日参した。

八〇歳になる叔母が小学校の頃のこと、あたりは暗いのに、薪がなくなったから外の小屋から薪を取ってくるように言いつけられた。

叔母は外が暗く怖いので薪を取ってくることを拒んだらしい。すると、アンマーは「あんたのその足を燃やしなさい」と叔母を叱ったらしい。

母などは、アンマーにブンジラー(こん棒)で追いかけられた、と大笑いした。

「アンマーはハティーだった」と、叔母たちは強調する。

アンマーのハティー話は捕虜になったときに及ぶ。本島南部を逃げ回ったアンマーは、奇跡的に助かり、五人の子どもと一緒に捕虜になった。収容所の一角にはこれ見よがしに米が積んである。しかし、その米はなかなか捕虜の口には入らない。何度掛け合ってもまだだと配給してくれない。ただ眺めるだけで、米の前を行ったり来たり。とうとう、監視の目を盗んでアンマーは米を黙って持ってきてしまった。

一緒に逃げた親戚の人たちに、取ってくるようにアンマーがアドバイスをする。黙って持ってきたと知ると、みんな尻込みをした。アンマーは「だったら飢え死ぬしかないね」と親戚の人に言い放った。

明治生まれのアンマーの一生は、飢餓や戦争地獄を体験し、戦後は田畑を接収され、基地と隣り合わせに、死を意識しながら生きてきた人生だった。

九二歳で亡くなったアンマーに穏やかなときはあったのだろうか。最後まで子や孫のことをいろいろと案じていたが……。

母たち姉妹はアンマーを尊敬の眼差しで懐かしむ。

V

蠅

蠅は、突然入ってきた。飛行機のような不気味な羽音を立てながら見え隠れしている。羽音を追い、目を凝らし、私は丸めた新聞紙をバシッ、バシッと壁に当てる。

蠅というと、祖父が思い浮かぶ。祖父は、いつも、庭に面した上がり框《かまち》に座っていた。蠅が飛んでくると間もなく蠅叩きでつぶして、そのまま庭に掃き出す。座っている間じゅう、黙ったまま、そうした。

私にとって祖父は遠い存在だった。遊びに行っても言葉もなく、無愛想な人だった。母たち姉妹も親父に抱かれた記憶がないと言う。何を考えて、何を思いながら生きているのだろうと、母たちが不思議がると、祖母は何も考えているものかと、目をつりあげた。

祖母は、祖父のことを「頑固で冷たい」と言っていた。戦死した叔父の担任が、叔父を「ぜひ進学させてあげてほしい」と頭を下げてお願いにきたのに、お金惜しさに「百姓には学問は必要ない」と一言で断ったことを、恨みに思っていた。

九六歳で亡くなる頃になると、天井をつつきながら、「確かこの辺にお金を隠して……」などと言うようになった。めったに声を発しない祖父が饒舌になり、従弟《いとこ》たちに「雨のように空から艦砲が飛んできたよー」とか、「畑仕事をしていたら、海の端にトラックが来て、満載の死体を穴を掘って投げ込んでいたよー、ほんとうさー」と、興奮して、蝿叩きを振り回しながら話していたとか。

私が訪ねると、晩年の祖父は、にこっと笑いかけた。足の爪が伸びて小石のようにつま先に立っていたのを切ってあげたことがあった。祖父に触れたのは、それ一回きりである。

蝿を叩きながら祖父は何を考えていたんだろうか……。戦死した息子の話を誰一人として聞いた者はいなかったが、晩年の祖父の様子からすると、祖父は息子を胸に秘めていたのかもしれない。ふと、私は思った。

最後の米

六月になるこの時期、秋に収穫する米を農家に注文する。沖縄から上京するまでは、カリフォルニア米しか口にしてなかったので、本土の米がこんなに美味しいとは！　と感激したものだ。

戦前は祖母の家でも米を作っていた。母たち姉妹は「良い米は売って、くずの米しか食べられなかった。しかも、たまにしか……」と愚痴るが、戦前は芋が主食で、米は貴重な品だったようだ。その米にまつわる話を祖母から二つほど聞いたことがある。

ひとつは捕虜になったときのこと。はじめ、沖縄の人たちはアメリカ兵のくれる食べ物には毒が入っていると言って、決して口にはしなかった。しかし、収容所で、米が配給されることになったときは別だった。山と積まれた米の袋をただ眺めるだけで、なかなか配給がまわってこない。

周りの人たちは、何度も米をもらいに行くが、肩を落として帰ってくる。空腹を抱える子どもたちに一刻も早くご飯を食べさせたいと、祖母は、どさくさに紛れて配給米を一袋勝手に取ってきたのである。

もうひとつの話は、これより少し前のことになる。艦砲射撃に追われているときに米を持って逃げた。この米は、いざ、というときに、子どもたちに食べさせようとずっと持っていた。偶然にも、少年兵の長男に出会った。祖母はわずかに残っていた最後の米を壕の中で炊き、味噌むすびにして二個食べさせた。そのまま連れて逃げたい気持ちを押し殺しての最後の別れだった。

「最後に米を食べさせてあげることができてよかったね」と言う私に、首を横に振って、「命が宝……」と、一言つぶやいた。祖母は長男の死に、ずっと納得しなかった。

六月二三日は、祖母たちが艦砲射撃から解放され，死の恐怖から解放された日だ。それはまた、同時に、祖母の苦悩の始まりの日でもあった。

健康保険証

体力をつけようと、最近ジムに通うようになった。だが、やりすぎて膝を痛め、通院する羽目になった。支払いの金額にびっくり。健康保険も自己負担額が一割から二割、二割から三割となった。そのうち保険証がなくなるのでは……、と不安にもなる。

そうそう、その昔、沖縄にはずっと医療（健康）保険制度がなかった。沖縄に医療保険が実施されたのは、一九六六（昭和四一）年一〇月からで、事業所と公務員しか適用されず、しかも、保険料率は高く、給付率が少ない現金給付方式だった。小額を返金してもらうのに面倒な手続きと時間がかかった。

社会保障というのは国が行うべきものだが、当局は施政権が日本政府にないため、沖縄県民の税負担による少ない費用で行っていた。施政権を持っているアメリカは、沖縄の社会保障には冷淡だった。

隙間なく歯があるので、自分の歯は全部揃っていると思い込んでいたのに、一つだけ欠けているのがわかった。犬歯がハバをきかせて下の歯を圧迫し、その歯がぐっと内側に倒れて舌に当たる。そういえば、中学生の頃、虫歯になり、治療に通うところをお金の負担を考え、抜いてそのままだったなあ……、と思い出した。

沖縄から上京しひとり暮らしだったときに風邪をひいた。高熱が続いてとうとう耳まで痛くなった。やむなく医者にかかると、中耳炎の診断。お金がなかったので、事情を話した。沖縄からはるばる来たことと、保険証そのものがないことを気の毒がり、何とか保険料負担で診てくれた。思えば親切な医者だった、なあ……。

いずれも、寂しい、わびしい思い出……。

歯が舌に当たり、イラッとしたり、風邪を引くとすぐに耳がうずいてしまう昨今だが、風邪に負けないような体力をつけるため、見えないウイルスに抵抗しながら、さあ、今日もジムに行くぞう！

「戦車が出た」

沖縄の母は耳が遠くなり、最近は出かけることも少なく、あれほど好きだったおしゃべりもやめていた。元気のない母を励まそうと、母の八五歳の誕生日に、仕事の合間をぬって沖縄に帰った。

母の姉妹五人と家族九人だけの会食会だった。祝いの乾杯を交したあとは、叔母たちのおしゃべりで会は賑わった。その賑わいの中で、母が元気になるのを私は期待した。

「先週、あっちから戦車が出てきたさ」

その一言で、会の笑い声が一転して怒りの混じった声になった。「あっち」とは、叔母や私の家族が住んでいる町内のことである。

「ドラム缶もさ」

「コールタールが入っているものだよ」

「五〇個さ」

「あんた、何言ってる、一〇〇個だよ」。

東京にいて沖縄のことはわからないでしょうと、言わんばかりに、叔母たちは私に訴えるかのように競って話し出した。

「基地が返還されて整地のため、土を掘ったら戦車が出てきたということさあ」

「星のマークがついてるものさ」

「自分たちの造った基地に戦車を埋めて、六〇年以上も知らんふりしていたわけさ」

「空《から》ではあるけど弾薬もたくさん埋まっていたってよ」

「町内だのに、びっくりするさ、怖いよ」

と、叔母たちの声はだんだん大きくなる。叔母たちの興奮気味の声に混って、突然、

「ヌガーラチェ、ナランドー(許してはいかんよ)」

と母の声。母もみんなの調子にあわせて語気を強めた。

やっといつもの母ちゃんに戻った。

「戦車が出た」で、母ちゃんの「元気が出た」。

負《お》ぶい紐《ひも》

初孫ができた。孫のため何かを買ってあげようかと、あれこれ考える。娘は、友だちから「だっこ袋」をもらった。私の子育て時代には、あまり見なかった代物である。

あまり見ないと言えば、母親が子どもをおんぶしている姿が少なくなったような気がする。

私などは、「負ぶい紐」で娘三人の子育てをした。泣き虫だった娘たちはおんぶすると、とたんに静かになった。母親の私にとっても、心おきなく家事をこなすのに便利だった。

知人のN氏が語った「負ぶい紐」を思い出した。

一九四四（昭和一九）年、N氏が一〇歳の頃、空襲警報が鳴るたびに、八歳下の妹が「負ぶい紐」を持って走ってきて、背中にくっついてきたという。

いよいよ、アメリカ軍が沖縄本島に上陸してきたときには、兵隊さんに付いていけば安全だと、N少年は妹を背負いながらヤンバル（沖縄北部）の山中を家族と共に逃げ回った。決死の思いで崖の上から飛び下りたり、川を飛び越えたりしたという。

梅雨でぬかるんだ山の坂道は一人がやっと通れる幅しかない。下り坂にさしかかったところで少年は丸太に足を取られ、そのまま下方まで滑り込んだ。運悪く、兵隊に体当たりした。

怒った兵隊は刀を抜き、「叩き切ってやる」と刀を振り上げた。

少年は死を覚悟し、目をつぶった。

そのとき、背中の妹が泣いた。

兵隊は刀を下ろし、少年は命拾いをした。

二歳の妹と少年の命をつないだ「負ぶい紐」は、命の重さを支えるほどの強さを持っていたんだ、と今更ながら感じ入った。

孫のため、「負ぶい紐」を求めるつもりでいるが、昔ながらのそれは見つかるだろうか。

夏、思い出す人々

八月になるとテレビも雑誌も、いっせいに終戦にまつわる番組、関連記事が多くなる。そんなドラマやドキュメント記事に接すると、私もまた思い出すのである。

戦争で息子を失った祖母、締めきった戸を突然バシャンと開けて「貴様、たたっ切るぞ」と木刀を宙に振り回す隣人の元兵隊のおじさん、五人の子どもを一度に失い、梅雨どきになると一人でぶつぶつ呟くおばさんたちのことを……。

そして、テレビドラマ『はだしのゲン』の非国民呼ばわりされるゲンの父親とダブる人がいたことを新たに思い出した。

そのおばさんは、いつも背中に風呂敷包みを背負い、うちへやって来ていた。

風呂敷包みには石鹸、缶詰、お菓子などが入っていた。子どもの私は、おばさんが来るのが楽しみだった。

一九五五（昭和三〇）年、沖縄は米軍の施政権下にあり、本土から輸入される物資とて少なく、米軍から流れてくるものを売っていたのだろう。

おばさんは、商売を急ぐ様子もなく、世の中の景気がどうだとか、政治がどうだとか難しい話を、母を相手にパワフルにしゃべっていた。

話の最後は、「天皇が戦争を始めなければうちの人も死なずにすんだのに」と、戦争批判が始まる。それからの話が長かった。

母は黙って聞いていたが、軍隊に長くいた私の父は、「おいおい、警察に捕まるよー」と決まって言う。「どこの警察が捕まえに来るのかー」とおばさんは強気で応戦していた。

ひとり娘を育てる戦争未亡人のおばさんは、周りの人から変わり者としてみられていた。

ときどき、夏に思い出す人々の消息を母に尋ねる。「元気だよ」とか「どこに引っ越したかわからない」などと教えてくれる。

そのおばさんは「最近、亡くなった」そうだ。

戦争体験者がまた一人いなくなった。

千枝子さん

「Ｍｅｒｒｙ　Ｘｍａｓ　ご家族のご多幸をお祈り申し上げます　千枝子」

一枚のカードが届いた。彼女の名はモーガン・千枝子。米国人。高校時代の友人で英語の成績が抜群だったのを憶えている。進学はせずに、米軍基地の労働者になった。いつも物思いに耽《ふけ》っている感じの人だった。

沖縄で彼女に会った最後の記憶は、全軍労のストライキ集会に参加している姿だった。彼女が米兵と結婚してアメリカに行くと伝え聞いたときには、集会のときの彼女からは想像できなかった。

昨年の秋のことだった。突然、彼女から会いたいと連絡があった。年老いた父の看病の

ため日本に来ているということで、三二年ぶりに東京で再会をした。会った途端、

「私、離婚したの、再婚した相手とは死に別れ……」。

長い空白の時間を埋めるように彼女は大きなジェスチャーを交えて喋りだした。

ベトナム戦争で負傷して入院していた米兵と知り合い、親からなるべく遠いアメリカに脱出し、結婚。雪深いシアトルで暮らしたという。夫はその後、酒とマリファナに溺れた。

立ち直らせようとする彼女の努力は実らなかった。

アメリカに渡ってからの彼女の孤軍奮闘の人生を、まるでテレビドラマでも観るように聞いたが、同時にベトナム戦争当時の沖縄を思い出し、気持ちが沈んだ。Ｂ52、マリファナ、通学路に出没する露出狂の米兵、婦女暴行事件……。

「沖縄を懐かしいとは思わないけど、次は沖縄と同じ、冬でも暖かいアリゾナに住むんだ。二人の娘もいるしね」と言う。遠い異郷でこれからも生きていく彼女を想像すると、再会の喜びや懐かしさより、切ない想いが私に残ったまま千枝子さんと別れた。

カードに同封された写真の彼女は、遠い昔、いっしょに写した成人式の彼女より明るく、私の気持ちを和ませた。

ミツオちゃん

父の勝手な都合で、沖縄本島の中部、南部の小学校をいくつか転々とした。そのせいか、在籍期間の短い学校の友人の印象は薄い。その中でも印象に残っている子がいる。

ミツオちゃんだ。五〇人ほどのクラスでもミツオちゃんはひときわ目立っていた。男の子だが、いつも女の子と遊んでいた。よくてんかん発作を起こした。後ろにガーンとひっくり返り、口いっぱい泡を吹いていた。

ミツオちゃんは、目はギョロっとして、片方の足のかかとをハイヒールのように上げて爪先立って歩いていた。いつでも開いている口から空《す》きっ歯が出て、よだれもときどきツーッと出ていた。言葉ははっきりしなかった。彼はひょうきんでクラスの人気者だった。馬鹿にしたり、いじめたりする子はいなかった。彼が発作でひっくり返るたびに教室は大騒ぎになったが、みんな優しかった。

テストが返された日だった。理科のテストがクラスで私が一番だった。やればできるんだ、と自信を持ち、うれしかった。でもその気持ちはすぐ打ち消された。日頃芳しくない成績の者が一番だなんて、先生には信じられなかったのだろう。疑惑の目を私に向けた。

私はものすごく傷つき、休み時間はひとり教室に残った。

残っている人がもうひとりいた。

ミツオちゃんだった。二人きりの教室で、彼は私の手を取った。「行こう」と、校庭に誘った。私がいやだと言うと、目をひんむいて、「なんでだよー」と怒った顔をした。やっと彼に手を引かれ、私は立ち上がった。彼は口からニョキッと大きな歯を出して笑った。校庭ではみんながフラフープに夢中になっていた。

その頃、宮森小学校に米軍のジェット機が落ち、多くの小学生が死傷した。みんなで宮森小学校の方向に向かって黙祷をした。

校庭のフラフープ、朝礼の黙祷、"ミツオちゃん"、消えない記憶である。

「普通」の「普」

私の出身校は沖縄の普天間中学校。関東近郊に在住する中学時代の一六同期生が二三名いることがわかり、還暦を機会に年一度、同期会を開くことになった。今年は二回目である。

「普天間中学校同期会」の会場予約の電話でのやりとりである。

「団体名は？」と訊かれて

「普中一六の会です」と応じた。

「どういう字を書くのですか」

「〈ふ〉は普天間の普です。〈ちゅう〉は中です」と応えた。

「府中ですか……」

伝わらなくて相手は何度も聞く。もたつくやりとりを見かねて、隣りのA子が、「普通の普」

とささやいた。私は慌てて受話器に「〈ふ〉は普通の普」と繰り返した。すると、「普通の一六の会ですか」と、相手は言う。

「いえ、普通じゃなくて、〈ふ〉は普通の普ですが、中は〈通（つう）〉じゃなくて〈なか〉です」

なんだかややこしくなってきた。


普天間中学校の運動場のフェンスの向こうは、普天間基地だった。ケネディ暗殺のニュースにショックを受け、『高校三年生』を口ずさみ、『寒い朝』を音楽の時間に歌っていたあの頃。そういえば、ベトナム戦争も始まっていた。

校舎の真上を米軍用機が頻繁に飛んでいた。ラッカサンも空から降っていた。

何度も軍用機の轟《ごう》音で授業が中断された。終《しま》いには轟音の中でも授業が続けられた。日本ではないのに「日本の教科書」を学んだ。

時は流れ、中学生は還暦を迎えて初老となった。時代も流れている。何か変化があってもよさそうなものだが、今も密集住宅の上を米軍機が飛んでいる。何年か前、大学の校舎にヘリコプターが落ちたこともある。

「普通」ではない日常が、いまだに「普通」に流れている。あの頃からずっと。

私も"彼女"

「焼き場には行かないよ。父ちゃんが焼かれるのを見たくない。どこかで生きてよろしくやっていると思いたい」。

母は火葬場には行かなかった。

葬儀も終わり一段落した夜、母は父の祭壇にお線香をあげて、一〇分ほどぼんやりと父の遺影を眺めている。家の中は母と私だけ。母がぼそっとつぶやく。

「父ちゃんは、私を"彼女"だと思っていた」と。父にはいつも"彼女"がいた。

「あんたにはわからない。自分には、長女、長男、次男がいる、妻は北谷《ちゃたん》から嫁にもらった。ここには泊まれない。今すぐ家に帰るからタクシーを呼べ」と、認知症が進んだ晩年の父は、夜中から一晩中大騒ぎをしたらしい。

「タクシーは今、人を乗せているから、下ろしたら来るから、寝て待っているように」と、母は父を諭す。

若い頃は一年も家を空けることがあった父。

母が言うには「ユーベー（妾）」のところに行っているらしかった。

母は遺影の前で父の昔を話す。幼い私たちきょうだいを連れて、父の勤め先に給料を取りに行った母は、すでに「別の女の人が持って行った」と、事務員にまで同情されたことを。

昔、夫婦喧嘩の腹いせに、母は中学生の私に父の秘密をぶちまけたことがあった。

同じ歳で腹違いの女の子がいると。

母が東京の美容学校に行っていた頃、私たちきょうだいは、母の代わりに若いきれいなお姉さんと一年間暮らしたこともあった。

「父ちゃんはすごい思い出をいっぱい残してくれたからね。私も生きていけるさー」。

父の話で盛り上がり、私と母は大いに笑った。九三歳の母は、耳が遠くなりぼんやりすることが多くなったが、久しぶりに、おしゃべりな母、笑顔の母、若い頃の母がいた。

写真の父が苦笑いをした。

戦果あげて、テンプラー揚げて

「抜くって泥棒するってことだよね」

と私が口を滑らせた。叔母は即座に、

「ううん、違う。センクヮだよ」

大きく首を横に振って、諭すように言う。

戦争中、作戦がうまくいって敵国に与えた損害を「戦果」と言うが、敗戦後の沖縄では米軍施設から盗み出した物資のことを「戦果」と言っていた。

飢えて、裸足の敗戦国の人々に同情したのだろうか。見て見ぬふりをする米兵もおり、「持って行け」と言う兵隊もいたと叔母は笑う。米軍施設の「PX*」に勤めていた叔母たち沖縄の女性もラベルを張り替えてお金をくすねたようだが、罪悪感はまったくない。

叔母たちと会食したときの話である。「あのテンプラー（天ぷら）は、美味しかった」と、八六歳の叔母が、テンプラーにまつわる話をはじめた。

戦争が終わり、食糧は米軍からメリケン粉や米などが量としては少ないが配給されていた。避難民として収容所の地で生活を送っていた時代のことである。メリケン粉（小麦粉）でテンプラーを揚げたくても油がなかった。米軍の軍用トラックからエンジンオイル（潤滑油）を抜いて、それでテンプラーを揚げた。緑がかったオイルで揚げた天ぷらは黄金色に仕上がった。

「おかしいな、食べすぎかな」くらいに考えていたが、しばらくするとお腹が痛くなり、下痢がはじまる。そのうち調子の悪くなる人が多くなり、食べなくなったという。

「あのテンプラーだいぶ食べたよ。ほとんどのウチナーンチュ（沖縄人）が食べたはずだよ」

叔母は自嘲ぎみに笑った。

戦果には、上手く米軍の物をかすめ取ってきたという得意感さえ含まれている。戦果をあげるのは仕方がないとしても、死者が出たというからとんでもないテンプラーを揚げたものだ。でも、黄金色のテンプラー、飢餓状態だと食べちゃうよね。

＊ＰＸ　……　駐留軍人・軍属用の売店。基地内にある。

サーターアンダギーと映画『沖縄』

今は東京のデパートやスーパーでも売っている、沖縄の揚げ菓子のサーターアンダギー。昔は本土では売っていなかった。

沖縄祖国復帰運動が盛んな頃、大学構内で映画『沖縄』の上映会が企画された。映画を成功させようと沖縄出身の私は張り切った。沖縄らしい、珍しいものを参加者に提供しようと考えたのが、サーターアンダギーだった。密かにアパートで挑戦してみたが、結果は黒く焦げてしまい、人前には出せない状態だった。

サーターアンダギーは小麦粉に卵、砂糖と重曹を加えてこねたものを種とし、それを揚げる。祖母が盆、正月のお祝いのたびに作っていた。簡単そうに見えた。

祖母は手に種をすくい取ると、まるで袋から絞り出すように油の中に落としていく。それはだんだんとまん丸の形状になり、クルンクルンと回転する。
やがて一部がチューリップの花のように弾ける。野球ボールのような立派なのが仕上がる。その行程が子どもの私には面白かった。

東京で就職した頃に職場の労働組合でまた、映画の上映会が企画された。懲りずに再度、サーターアンダギーに挑戦した。悪戦苦闘してやっとゴルフボールくらいのものが出来上がった。自分としては不本意だったが、映画もそれも好評だった。

映画は、第一部は『一坪たりともわたすまい』である。戦後、米軍基地のために土地を奪われた農民を描いたものだ。第二部『怒りの島』はベトナム戦争が激しくなるなか、立ち上がる基地労働者をメインに描いたものだった。主演は地井武男、監督武田敦の大作だ。

子育ての時期にも何度かサーターアンダギーに挑戦したが、祖母のように上手くはいかない。分量の材料を混ぜ合わせる。その先がいけない。こねた種を手に取って油に落とそうとするが、ねっとりとして手のひらと五本指にまとわりついて、絞っても上手く油に落ちないのである。祖国復帰は実現したが、基地付きだ。このイライラ感ともどかしさがどこか似ている。

私は祖母のような立派なサーターアンダギーに挑戦し続けている。そんなとき、映画『沖縄』が頭をよぎる。

探しものは何ですか

沖縄の実家に帰ったときのこと。父が自分の暗い部屋で紙くずの中に埋まっている。年金手帳がないと血相かえて鞄をひっくり返していた。緑内障で視力の弱い父が物探しをするのは容易じゃない。一緒に探した。

紙くずはよく見ると、病院の領収書や光熱費の領収書ばかりである。しかも、数年分である。目的の物はなかなか見つからない。ようやく見当違いのベッドの中で見つけた。

手帳というより証書になっていた。てっきり父の物かと思っていたが、戦死した父の弟の遺族年金証書である。戦没者遺族に対する弔慰金というもので、終戦後の節目をとらえ、国として弔意を表すため支給されるものだ。四〇万円を、一年に一回、四万円ずつ支給される。その証書は、祖父から伯父に継がれ、伯父も亡くなり、父に引き継がれたものだった。

三年前（二〇一一年）、父の数え年九七歳のカジマヤー*祝い席で、父のプロフィールを紹介したときのこと。「女二人、男四人の六人姉弟」と紹介したら、親戚の人に「違う」と言われた。七人目に弟がいたことを知った。私が生まれた頃には存在しなかった叔父、話題にさえ接したことのなかった私はびっくりした。妻も迎えずに独身のまま戦死した叔父は、甥、姪たちの話題にもならずに、長い間忘れられたままだった。

戦争に行っていた父は、戦争を語りたがらなかった。弟を語ることは戦争を語ることと同じことだったのだろうか。今は年に一度、四万円の年金をもらうときに弟を思い出すのだろうか。

散々探しまわった私は「こんな紙くずと一緒じゃ、探し物はみつからないよ」と強い口調を放った。「紙くずはカモフラージュだよ。大切なものは、こうやって隠さなくちゃ」と父は返す。紙くずと一緒に証書を鞄に入れた。

やおら、鞄を仕舞う手を止め、「名ヤ、せいちゃんヤタサ（だった）」と、父の目が宙を見る。確かめるように父は、「せいちゃんヤタサ」とまた、つぶやいた。

最近、夢と現実を行ったり来たりする父の探しものは「せいちゃん」だったに違いない。父に似た叔父を私は想像した。

＊カジマヤー　……　風車。風車がまわるように、再び若く生まれ変わるという長寿の盛大な祝い。

人生の選択

旅に出るとつい気が大きくなって余計な物を買ってしまう。今回は買わないぞ、と強く決心してツアーに参加した。最終日はサンフランシスコで自由行動だった。手元に一〇〇ドル残っている。

ツアー仲間と町に出た。途中、日本人の親切な人に偶然出会い、バーゲンをやっているという店を教えてもらった。店長が「比嘉《ひが》さん」という沖縄出身の人だというので、私のスイッチが入ってしまった。間口は狭いが奥行の長い店に入ると「比嘉さん」がいた。丸顔の婦人でいかにも沖縄の人らしい目鼻立ちをしていた「比嘉さん」は店長ではなく店員だったが……。

移民だろうか。米人との結婚だろうか。彼女がどんな事情でこんな遠くまで来たのだろうか、気になった。

私たちは故郷を離れた者同士。旧姓を名乗り合い、おしゃべりをはずませた。彼女が沖縄を離れたのは一九七二(昭和四七)年、沖縄が復帰した年だった。

一九七二年……。私はある人を思い出す。叔母の友人のN子さんだ。祖国復帰は沖縄中の人が望んでいることだと思い込んでいた私としては、N子さんの悩みは意外だった。

N子さんの夫はフィリピン人だった。復帰になったらどうなってしまうのかと心配で、様子を見に単身沖縄から東京に出てきていた。ギリギリまで悩んでいた彼女は結局、復帰と同時にアメリカに渡り、日本国籍は選ばなかった。私は「祖国復帰」を喜んだが、人生の選択を迫られた人たちがいたことを長い間忘れていた。

比嘉さんと話しているうちに、ひとり熱くなってしまった。海外で頑張っている同郷婦人の売り上げを伸ばそうとついに、財布の紐を緩《ゆる》めて買ってしまった。半コート二枚、ストール一枚、マフラーを三枚買って、六五〇ドルをカードで支払った。

やはり今回の旅行も、行きはガラガラのトランクが、帰りははち切れんばかりに膨らんでしまった。娘たちには呆れられたが、せいぜい、おしゃれをしなくちゃ。

手元には彼女がくれた英字の領収書がある。私の旧姓「具志堅様」がきれいな漢字で書かれている。

パスポート

大学時代の友人から、突然、「沖縄から本土に渡ったときのパスポート」の写しを送ってほしいと頼まれた。友人は中学の社会科の教師をやっている。教材に使いたいとのことだった。パスポートを探しながら、一五年ほど前のことを思い出していた。

子育てが一段落した頃だった。初めての海外旅行とあって、不安と期待が入り交じった気持ちでパスポートを申請しに出かけた。そこは、混雑していた。私は受付の人の前に腰掛けた。係の人は、眼鏡をかけた五〇代前半位の男性だった。どこに行くのか、何日行くのかと質問してきた。

「初めてパスポートを取るのですか？」

と質問され、私ははっとした。

そして、私はしばらくのあいだ頭が混乱していた。

というのも、「初めて」と言われれば「初めて」だし、「以前に取ったことがある」と言えば「ある」し……。「初めてです」と答えれば嘘になるし、嘘をついたらパスポートは下りないかもしれないし、「二度目です」と言ったら、笑われるのでは……、と頭は忙しかった。

小難しそうな顔をしたこの係の人は、以前、沖縄から本土に渡るとき、パスポートが必要だったことを知っているのかしら……。「二度目です」と応えて、「いつですか」とか、「どこからどこですか」と聞かれて、「沖縄で、本土復帰前に取りました」と言ったら、「何を馬鹿なこと言っているのか」と一笑されるのでは……。

私は喉まで出かかった言葉を飲み込んで、

「初めてです」

と答えた。

「はい、二週間後、いつでも取りに来てください。パスポートはできていますから」

受付の男性は、私の頭が混乱していたことなど想像だにせず、面談はあっけなく終わり、手続きは簡単に終了した。

私は手続きが済んだあとも、「初めてです」と答えてよかったのだろうか、「二度目です」と答えればよかったのでは……、そんな考えにとらわれてしまっていた。


正確には、私はパスポートを取るのは二度目だった。

高校三年生の冬、本土の大学に進学するため、パスポートが必要だった。


どんな手続きをしたのだろうか、だいぶ昔のことなのではっきりしないが、那覇まで行って、身体検査をしたように思う。医者に胸を開けられて恥ずかしい思いをしたことはよく覚えている。注射も打たれたように記憶している。手続きは簡単ではなかった。

「パスポートが下りない人もいる」と聞かされていた。実際、その頃は政治的、思想的に危険とされる人は、本土と沖縄を行き来できなかった。そんなことを知らない高校生の私は、パスポートが、もし下りなかったらどうしようと本気で心配していた。初めてパスポートを手にした私は、自分のバラ色の人生でも手に入れたような気分になっていた。

今ではもう、パスポートで本土と沖縄を行き来したことなど半分忘れられてしまっている。

パスポートというのは、辞書を引くと、「旅券で特定の場所に出入りできる許可証」とある。この場合、「特定の場所」とは「外国」という意味である。沖縄からすれば、あの頃、日本本土は「特定の場所」だった。

今では、本土との行き来にパスポートは必要なくなったが、基地の島・沖縄は、ある意味では、まだ「特定の場所」のままでいる。

私はパスポートの写しを友人に送った。

四〇年以上前のパスポートは、角がはがれて色がとれている。エンジ色のパスポートの表紙には「日本渡航証明証」とあり、下の方には「琉球列島米国民政府」と漢字で表記されている。

表紙をめくると、英語の文字が並び、その訳文というのがある。そこには、「琉球住民 具志堅梢は日本へ旅行するものであることを証明する。(中略)……琉球列島高等弁務官」とあり、その署名がある。

次のページをめくると、おかっぱ頭の若き日の私のモノクロの写真がある。「出国」した日付のスタンプが今も鮮明に残されている。

悲しい記憶

私が九歳の頃といえば、戦争が終わって一二年を過ぎる頃のことである。

盆だ、正月だといえば、祖母の家に行って、ごちそうを作る手伝いをやっていた。

祖母の家は、沖縄本島中部にあり、アメリカ軍の基地がほとんどを占めている地域である。

1[*]号線(今の国道58号線)を挟んで陸側が基地で、東シナ海の海側が集落になっていた。


正月の準備で祖母は忙しくしていた。

台所の土間を出ると、すぐ外に井戸がある。私はその井戸で洗い物を嬉々としてやっていた。

そんなときに突然、

「きさま、それでも日本人か、恥を知れ!」

と、怒鳴り声がした。私は一瞬、手が止まった。何が起こったのかと声のする方に目を向けた。

祖母の家の裏の小さなトタン屋根の家から声は聞こえた。

男の人が、棒のようなものを持って立っていた。髪の毛はぼさぼさで、目がぎらぎらとして、大声を出し続け、怒鳴り散らしていた。

私は自分が怒鳴られているかと思ったが、男の人は宙を見て怒鳴っていた。

「きさま、叩き切ってやる、叩き切ってやる」

と、持っている棒を振り回したかと思うと、ピシャと戸を閉めた。

戸が閉められると、私の一瞬止まっていた手も目も動き出し、私は台所の土間に駆け込んだ。

何か言おうとしている私に祖母が言った。

「あの兄さんは、ときどきああして怒鳴るけど、いつもはおとなしいよ、恐くないよ……」

祖母はそう言いながら、かまどに薪をくべていた。男の人の怒鳴り声と戸を開けたり閉めたりする音が交互に聞こえていた。そんなことをずっと繰り返していた。

祖母は薪の煙にむせながら顔を拭っていた。

「うちの盛栄と同じ歳だよ、生きていれば……」

と、かまどの火をみつめながら言った。祖母は少年兵の長男を戦争で失った。叔父に当たる人である。私は叔父のことを祖母から何度か聞いていた。

私は井戸に戻り、洗い物を続けた。男の人は同じことの繰り返しを、まだやっていた。

トタン屋根の家から、母親らしき人が出てきた。歳の頃は私の祖母と同じくらいに見えた。怒鳴っては戸を開けたり閉めたりする息子を背に、母親はしゃがみこみ、ただ、黙々と洗い物をしていた。米を研いでいたのであろうか、手の動きにあわせて白髪の頭は時計が時を刻むように一定のリズムをつけていた。

その光景が私の子どもの頃の記憶に鮮明に残っている。

あれから五〇年が過ぎた。祖母は九二歳で亡くなった。生きている間、ずっと、息子の死を悔んでいた。

トタン屋根の家も、すでになく、その親子の消息も今では知る由もない。そこには、米兵のためのデラックスアパートが建っている。

私が故郷沖縄を後にしたのは四〇年以上も前のことだ。パスポートを手に船に揺られ、汽車に揺られ、三日間かけて上京した。

沖縄を出るまでの私は、戦争の暗い影をひきずっている故郷がいやでしようがなかった。沖縄の貧しい生活に一日でも早く別れを告げたくて、逃げるようにして故郷を離れた。

そんな思いで上京した私だったが、思わぬことに大きなショックを受けた。沖縄は本土では小さな存在でしかなかった。

母親たちが殺され、子どもや、年寄りが殺されて、傷をひきずりながら生きている人々がいる沖縄。あの戦争で大きな犠牲を払い、そして、戦後もアメリカの占領下に置かれ、土地を奪われ、人権をも無視されている現実があるというのに……。当時、そうした沖縄に対する認識が私のまわりの本土の人にはなかったように思えた。


私の中で変化が起こり始めた。

いやでしようがなかった沖縄を、気づいたときには、愛おしく思うようになっていった。

そして、記憶の底に沈んでいた、トタン屋根の親子の光景も、悲しい記憶のひとつとして浮かび上がってくる。

＊1号線 …… 県道那覇―名護線を米軍が軍用道路「ＵＳＡハイウェーNo.１」として整備。

漫画と移民

我が家に泊まった五歳の孫娘が早起きして、まんじりともせずテレビを観ている。

西から　昇ったお日様が　東へ沈む
これでいいのだ　これでいいのだ

と、懐かしい『バカボン』の主題歌が流れている。ずいぶん昔の漫画をやるものだと、私の目もテレビに吸い寄せられた。

画面は、天才・はじめちゃんがアメリカに留学するので、バカボン一家が外国へ行くという話である。でも、バカボンのパパは絶対に行かないと頑張る。ママは勝手にしなさいと、周りの人たちに別れの挨拶廻りをする。やがて、色とりどりのテープが切れて、大きな船が岸を離れていく。

この漫画は一九六〇年代から七〇年代に流行った、赤塚不二夫『天才バカボン』である。その頃、沖縄の施政権はアメリカにありながら教科書は日本の教科書を使って学んでいた。私の子どもの頃は、アメリカでもなく日本でもない中途半端な沖縄だった。

同じ赤塚不二夫作の『おそ松くん』に出てくる、やせ型の三枚の出っ歯と口ひげの強烈なキャラクター「イヤミ」の真似をして遊んだものだ。私たち子どもは腕を交差させ、片足立ちでもう片方の足をからませて、驚いたときの「シェー」のポーズをとり喜んだ。やっと、食糧難を抜け出した頃、沖縄も漫画ブームに入った。

飛行機が一般的でなかった頃は船旅が主だった。南米への移民、本土への留学、アメリカ兵の花嫁となって渡航する人たちで那覇の港はいつも賑っていた。

船は「ボオー」という汽笛とともに船上の人と見送る者とをつないだテープを切り、お互いを引き離して遠くへ去っていく。涙溢れ、旅情たっぷりである。

高校を卒業した私も船上の人となった。夢と憧れを載せて岸を離れる船、両親と祖母が見送りに来ていた。

船は乗ってからが大変。大揺れに揺れる。鹿児島まで一泊二日、東京晴海までは二泊三日、ずっと洗面器を抱えていた。船底に近い三等室は、毛布一枚、船酔い対策の洗面器一個備えられた雑魚寝状態の船内だった。自由席だから隣に誰が来るのかはお任せだ。船がゆれるたびに、右に左に毛布にくるまったまま身体が転がった。

鹿児島、東京までもそんな状態なのに、移民で南米に渡った方々の船旅は大変なものだったのだろうと想像する。移民した人の話によると、二か月の船上生活をして、さらに上陸してからも目的地までの道程が控えていたと聞いた。ちなみにバカボン一家がアメリカに行くのに二週間はかかったという。

沖縄の移民は日本本土に遅れること一五年、一九〇〇（明治三三）年から始まっている。沖縄の戦後復興は各国に渡った移民による支援が大きな力となった。

過剰人口を抑えることや、移民先からの送金による県経済の救済を期待して、移民政策がいっそう進められていたことは知っていたが、戦後もまた米軍統治下で琉球政府による計画移民が続き、本土復帰後まで続いていたことには「シェー」と驚きを発してしまった私である。

戦前はハワイ、ペルー、ブラジル、戦後はボリビア、本土復帰の翌年まで計画移民があった。

海の向こうに希望地を求めて、多くの人が船上の人となった。移民、出稼ぎ、貧しい時代だ。「東京の大学で頑張ってきなさい」と期待されてやってはきたが、受験に失敗した私には、東京の寒くて冷たい厳しい現実が残された。

結局、バカボンのパパは交番に行き、目ん玉つながりのお巡りさんの子どもにしてほしいとお願いする。怒ったお巡りさん、やたら、ピストルをばんばん撃ちながら「逮捕する」とバカボンのパパを追いかけ回す。

その場面が可笑しくて孫そっちのけで朝から大笑いをしてしまった。

バカボンたちはすでに船上の人、テープが切れて船は岸壁を離れる。そこにバカボンのパパがお巡りさんに追いかけられて海に飛び込み、家族と共に日本を去る場面で最終回となった。

夢と憧れを乗せた船。しかし、渡航先での現実を考えると行きたくないと頑張るバカボンのパパの気持ちもわかる。目ん玉つながりのお巡りさんがピストルをぶっ放しながら船まで追い込むシーンに、私はリアリティーを感じた。

「プリキュア」が大好きな孫娘には、この漫画はどんな風に映ったのであろうか。

豆腐の思い出

退職してから沖縄に帰郷することが多くなった。父九四歳、母八六歳は健在である。帰ると、私は台所に立つ。まず、冷蔵庫を開ける。すると、小皿やビニール袋に入った食べ残りがいくつもぎっしり詰まっている。何から手をつけていいかわからないので、いつのものなのか、訊いて、見て、匂いを嗅ぐ。

きまって、「まだ、食べられる」と母は言うが、私は黙って処分してしまう。

長女の生まれる頃だから、三〇年以上前の話になるのだが、初孫の誕生とあって、母が沖縄からはるばるお産の手伝いに東京へやってきた。そのとき、貧乏性の母は、たまたま冷蔵庫の中に入っていた消費期限の過ぎた豆腐を食べて、夜中に救急病院に運ばれた。私がさんざん、食べないで、捨てて、というのも聞かずに、油で炒めて食べてしまったのである。母はばつが悪そうに、「ヤマトの豆腐はおかしいね。ウチナー（沖縄）の豆腐は、あれくらい大丈夫なんだけど」と、言う。

「母ちゃん、ヤマトの豆腐とウチナーの豆腐はちがうんだよ！」

お産で大変なうえに、母の看病までせざるを得なくなった私は、怒ってそう言ったのを覚えている。母にしてみれば、冷蔵庫のない時代から、豆腐は少々匂いが付いていたって、回りを削り、煮たり焼いたりして食べてきたので、大丈夫と思ったのかもしれない。

確かに違う。ヤマトの豆腐とウチナーの豆腐は違う。まず、ウチナーのは硬い。石のように硬いとオーバーに表現する人もいるが、なにしろ、ヤマトの豆腐と比較すると硬い。味がある。大豆の香りがプーンとして深みもある。しかもヤマトの豆腐の四丁分ほどの大きさだ。沖縄の食生活には「豆腐」は欠かせない。もやしと卵の入った炒めもの「豆腐チャンプル」は素朴な味がして美味しい。祝い事のご馳走にも、日常の食事にも、いつでも豆腐は大きな顔をして存在していた。

私の小さい頃、まだ、本土復帰前のことであるが、我が家の前を近所の豆腐屋の子どもが海水を天秤棒に担いで通り過ぎて行く。我が家から海までは五〇〇メートルほどある。人が一人しか通れない細い坂道だっただけに、雨の日などは大変だったに違いない。

私たち子どもは、いつでもその海を遊び場にしていた。貝を捕ったり、魚を釣ったり、潜ったりしていた。いつの頃からか、その海にゴミが捨てられるようになった。そのゴミは米国人の外人住宅から出るゴミだった。色鮮やかなゴミが山積みになって、異臭を放っていた。近所の腕白坊主たちはコンドームに水を入れてそれを投げて遊んでいた。

魚がよく釣れる不思議なところがあるという評判につられて行ってみると、なるほど、よく釣れる。小さいが丸々と太った魚が、大きな空き缶一杯になったころ、通りかかった大人が言った。「ここの魚は食べるなよ」と。

まもなくその理由がわかった。私たち沖縄の人が汲み取り便所を使っていた当時、アメリカ人は水洗トイレを使っていた。基地の方からマンホールが海に続いていたのである。魚も太るはずだ。

毎朝、そんな海から潮を汲んできて作っている豆腐。食卓に上がると、ゴミの山やマンホールは連想しなかった。食べていくのに精一杯の時代だったから、いちいちそんなことも気にしなかったのかもしれない。一時心配されたこともあったが、「海は広いから大丈夫さぁ」とか、

「きれいな場所から汲んでくるから」とか言う声に、心配も消えた。

相変わらず、我が家でも、何事もないように豆腐屋に行って豆腐を買ってきて食べるのであった。海水や大豆などは天然の素材を使い、手作りの工程で作られた豆腐は、ゴミの山やマンホールを連想しなければ、美味しくて、腐りにくいのである。


実家近くのスーパーに行くと、今はいろんな豆腐がある。本土並みに繊細な柔らかい絹ごしや木綿豆腐は、冷蔵の場所にパックに入って売られている。なじみのウチナーの豆腐(島豆腐)は、温かさを残したままビニールに入れられて別の場所にあった。

でも、小さい頃に食べた豆腐は、もっと硬くて、アンパンでも分けるようにぱっくり手でちぎっていた。今のウチナー豆腐は、味も舌触りも品よく整えられている。柔らかさも中途半端なような気がしてならない。私が小さいときには考えられなかった納豆やこたつが沖縄にあるように、豆腐もヤマト化してきているのでは……。

実家の冷蔵庫には、やっぱり豆腐があった。ビニールに入って日付はない。不安だ。

「母ちゃん、この豆腐はいつのもの?」

「決まっているじゃない、今日のだよ」

と、母が返事をする。そして、こう、付け加えるのである。

「たとえ、期限が切れていたって大丈夫。ウチナーの豆腐はヤマトの豆腐とは違うさぁ」と。

沖縄の戦後の主な出来事

● 一九四五年三月 ……座間味の住民一七二名自決
同年 三月 ……渡嘉敷島の住民三五〇名自決
同年 四月 ……本島中西部海岸に米軍上陸
同年 六月 ……米軍、沖縄戦終了を宣言
同年 九月 ……南西諸島の日本軍無条件降伏
● 一九四六年 ……総司令部覚書により北緯30度以南の南西諸島の行政、日本政府より分離
同年 ……米軍により、人は左側、車は右側通行となる
● 一九四八年 ……琉米間の結婚禁止
同年 ……琉米間が結婚認められる
同年 ……全琉の日本円がB円軍票に統一される
● 一九四九年 ……日本政府により、本土から沖縄への旅券発行開始
● 一九五一年 ……那覇市で米軍飛行機の補助燃料タンクが落下（民家全焼、住民六人焼死）
同年 ……北緯二九度線以南の奄美と沖縄本島が米の施政権下に入る
● 一九五三年 ……米民政府、「土地収用法」公布（武装兵出動による土地接収続発）
同年 ……奄美大島が日本に復帰
● 一九五四年 ……アイゼンハワー大統領が沖縄基地の無期限保有を宣言
● 一九五五年 ……米兵による嘉手納幼女強姦殺人事件（由美子ちゃん事件）
● 一九五八年 ……首里高校が甲子園出場

同年　………通貨B円がドルに切り替えられる

●一九五九年………石川市（現うるま市）宮森小学校に米軍機墜落（死者一七名、負傷者二一二名）

同年　………金武村（現金武町）で主婦がイノシシに間違えられ、米兵に射殺される

●一九六〇年………アイゼンハワー大統領沖縄訪問に対し祖国復帰要求デモ

●一九六一年………コザ市（現沖縄市）で米兵によるひき逃げ事件（少女二名死亡、二名重傷）

同年　………具志川村の民家に米軍ジェット機墜落（住民二名死亡、四名重傷）

●一九六三年………米兵が那覇市で青信号横断中の中学生をひき殺し、アメリカ軍事法廷にて米兵無罪判決。沖縄で全県的な抗議運動がおこる

同年　………バス会社六社による長期スト決行（四月二日～五月二〇日）、政府がトラック輸送を命令

●一九六五年………読谷村で米軍が演習中のトレーラーを空から落下させ、少女が圧殺

●一九六七年………大城立裕『カクテル・パーティー』で沖縄初の芥川賞を受賞

●一九六八年………嘉手納空軍基地で離陸に失敗したB52墜落（通行人一名死亡）

●一九七〇年………全軍労（全沖縄軍労働組合）が三千人の大量解雇撤回要求を求め、「四八時間ストライキ」に突入

同年　………コザ市で米兵の交通事故に端を発し、暴動が起きる

●一九七一年………五・一九ストライキ（沖縄返還協定粉砕ゼネスト）決行。全琉一〇万人参加

●一九七二年五月一五日　沖縄本土復帰・沖縄県誕生

同年　………日本政府、一ドル三〇五円交換レートを決定

●一九七三年……………ベトナム戦争終結
●一九七六年……………具志堅用高が世界ボクシング協会ジュニアフライ級チャンピオンになる
●一九七八年……………米軍機Fファントム機が金武町のキャンプ・ハンセン内に墜落
同年……………………交通法変更、「人は右、車は左」（キャンペーン名称「ナナサンマル」）
●一九八一年……………北谷町の米ヘリ訓練基地ハンビー飛行場が全面返還される（翌年ハンビー飛行場跡で遺骨収集、約一〇〇柱）
同年……………………国頭村与那にて新種の鳥「ヤンバルクイナ」発見
●一九八二年……………文部省の高校教科書検定（日本史）にて、日本軍による沖縄住民虐殺の記述が削除される
●一九八三年……………子どもたちにフィルムを通して沖縄戦を伝える会（通称「沖縄戦記録フィルム1フィート運動の会」）結成
●一九八四年……………名護市の民家に隣接した畑に米軍ヘリのドア落下
同年……………………那覇空港で航空自衛隊機が着陸に失敗炎上
同年……………………沖縄戦記録フィルムによる上映会が各地で開かれる
●一九八五年……………沖縄県教育長により県内各市町村教育長や小・中校長に「日の丸・君が代」の指導徹底を指示
●一九八七年……………嘉手納基地包囲行動（人間の鎖）
同年……………………読谷村の「チビチリガマ世代を結ぶ平和の像」破壊される
●一九八八年……………家永教科書裁判第3次訴訟の沖縄出張法廷開廷
●一九八九年……………米軍が県道104号線を越えて実弾砲撃演習実施

●一九九一年……米軍キャンプハンセンの都市型戦闘訓練施設で実弾演習実施（日米合同訓練実施）
●一九九四年……米軍Ｆ15戦闘機が嘉手納弾薬庫内の黙認耕作地に墜落
●一九九五年……米兵３人による少女暴行事件発生（９月）。県民総決起大会（10月）
●二〇〇一年……ＮＨＫ朝の連続テレビ小説『ちゅらさん』放映
●二〇〇四年……沖縄国際大学への米軍ヘリコプター墜落事件
●二〇〇七年……教科書検定意見撤回を求める県民大会
●二〇〇九年……辺野古への新基地建設と県内移設に反対する県民大会
●二〇一三年……No OSPREY 東京集会開催および建白書提出（オスプレイ配備に反対する沖縄県民大会実行委員会）
●二〇一四年……県知事選に「オール沖縄」で翁長雄志氏が当選
●二〇一六年……元海兵隊による、うるま市女性強姦殺人事件
●二〇一八年……翁長知事死去、「オール沖縄」でデニー玉城氏が県知事となる
同年……歌手 安室奈美恵が引退

＊ベトナム戦争は一九六〇年から一九七五年まで一五年間続く
＊戦後沖縄写真集『ゼロからの時代』（那覇出版社）、東京沖縄県人会『50周年記念誌』、『沖縄・戦後50年の歩み』（沖縄県）など　参照

あとがき

文章を綴ることが苦手な私が、書くことで表現しようと一念発起したのは、三六歳の頃でした。沖縄を知らない三人の娘たちに、祖母の戦争体験を伝えることが目的でした。

沖縄に帰省するたびに祖母から聞く話をカセットテープに吹き込んで、テープ起こしに励みました。その作業は、戦争で息子を失った祖母の消えることのない哀しみを、あらためて私に教えてくれるものでした。

沖縄に生まれた私は一八歳で上京するまで、まだ癒えぬ戦争の傷痕を肌身に感じながら、また米施政権下の無国籍状態という沖縄の厳しい現実の中で暮らしました。それらの情景を文章としてデッサンすることで、家族を含め周りの人たち、苦難を生き抜いてきた市井のウチナーンチュのたくましさを知りました。

故郷を離れてますます恋しく、愛おしくなる沖縄。想いは募るばかりです。そのような想いが、私に「沖縄にこだわる」エッセイを書き続けさせています。

この本を出版するにあたって、常より私が尊敬する東京沖縄県人会名誉顧問の川平朝清先生に巻頭を飾っていただき、たいへん嬉しく思っています。

文学仲間の小嶋雄二さん、堀澤広幸さんには、本書に限らず、日頃から私の文章に貴重なアドバイスをいただきました。

東京沖縄県人会の機関誌である月刊『おきなわの声』元編集長の金城驍さん、素敵なカットを描いてくださった後藤耀一郎さんには、企画の段階から、励ましと有用な助言をいただきました。また出版の実現・製作では、学生時代から「沖縄」に思いを寄せてくださっている萌文社の永島憲一郎さんや青木沙織さんに深くご尽力いただきました。

皆さまにはこの場をお借りして、篤くお礼を申し上げます。

なお本書は、書き下ろしのほかは『おきなわの声』および『琉球新報』に連載してきたものを元にしており、記して東京沖縄県人会、琉球新報社ご両者への謝意とさせていただきます。

二〇一八年一二月

著者

初出一覧

本書は、東京沖縄県人会の機関紙『月刊・おきなわの声』のエッセイ「ちゅい　ゆんたく」(二〇〇四年一月〜二〇一七年一二月)、また琉球新報のエッセイ『落ち穂』(二〇一四年一月〜六月)に連載された記事を初出としている。出版にあたっては、一部内容を修正加筆するとともに新たな稿を加えてまとめたものである。

著者プロフィール

笠原　梢（旧姓・具志堅）

1948年生まれ。沖縄県那覇市出身。

普天間中学・普天間高校卒業後上京。国学院大学卒業。

東京都職員として32年間、障がい児教育に携わる。

著書に『アーブージラーのオニたいじ』、『おいで！　マヤーグーよ』、『赤かて！　白かて！　ケロッ』(いずれも草炎社刊行)。他にペンネームで『ちゅい　ゆんたく』を刊行（東京沖縄県人会「月刊・おきなわの声」発行)。

私の生まり島　オキナワ
―ヤマトから想いを込めて

2019年1月28日　初版発行

著　者　笠原　梢

発行者　谷　安正
発行所　萌文社
〒102-0071東京都千代田区富士見1-2-32
東京ルーテルセンタービル202
TEL　03-3221-9008
FAX　03-3221-1038
Email　info@hobunsya.com
URL　http://www.hobunsya.com/
郵便振替　00910-9-90471

レイアウト　青木 沙織
装　丁　椙澤 清次郎（アド・ハウス）
印　刷　倉敷印刷株式会社

ISBN978-4-89491-365-3